怪盗鼠推参　一

稲葉　稔

幻冬舎時代小説文庫

怪盗鼠推参　一

目次

第一章　回顧

一

天保三年（一八三二）八月十九日——。

江戸の空はどんより曇っていた。そんな空の下、江戸の町を練り歩く行列があった。

市中引き廻しの罪人を連れた一行である。

罪人は〝鼠小僧〟の異名を持つ次郎吉。

およそ九十五の大名屋敷や武家屋敷に忍び込むこと、八百三十九回。

盗んだ金、三千余両――。

ただし、本人の記憶に曖昧なところがあり、北町奉行・榊原主計頭忠之（さかきばらかずえのかみただゆき）の訊問に対して答えたかぎりのことである。実際にはもう少し多いかもしれない。

それはさておき、その天晴（あっぱ）れな盗みっぷりに江戸の庶民は、罪人ながら驚嘆し、感心し、そして心の片隅で、胸のすくという感情を持っていた。それは幕府や武士の権力に対する反抗心があったからかもしれない。

また、徒党を組むこともなく、たったひとりで盗みをはたらき、ひとりも殺していないというところに庶民は感服もしていた。

その鼠小僧次郎吉の最期を見ようと、江戸市中の通りはたくさんの見物客であふれていた。牢屋敷を出た一行は、大伝馬町、日本橋、京橋、新橋、久保町、溜池端、赤坂御門外、四谷御門外、市ヶ谷御門外、小石川御門外、壱岐（いき）坂、本郷弓町、湯島切通（きりどおし）町、上野山下から浅草を経て、御仕置場のある小塚原（こづかっぱら）に直行することになっていた。

伊勢町の大工の倅（せがれ）・新助（しんすけ）と同町の米問屋の倅・定吉（さだきち）は、日本橋北詰で鼠小僧の登場をいまかいまかという思いで待っていた。

それにしても人が多すぎるので、十一歳の新助と十二歳の定吉は、見物人の前に出ることに往生していた。

「ひでえ人混みじゃねえか」

新助があきれ返っていうと、定吉は人垣のなかに小さな体を横にしてねじ込んでいる。

「定吉、おれを置いてくんじゃねえ」

新助は定吉の袖を引っ張ろうとしたが、そばにいた大人に、

「こら、あっち行け。邪魔だ」

と遮られ、うしろに押しやられた。新助はむんと口をとがらせると、

「なにしやがんだ」

と、自分を押しやった大人の足を思いきり踏んづけてやった。

「アイタタタッ……」

子供といえど思いきり踏まれればたまったものではない。大人はその場にしゃがみ込んで、踏まれた足をさすった。

「このガキ、なんてことしやがんだ」

と怒鳴っても、もうそこに新助はいなかった。うまく人と人の隙間に体をねじ込み、そして地を這うようにして前に出、定吉の横に並んで鼠小僧がやってくるのを待った。

それにしても見物人の多さにはあきれるほどだ。通りの両側にぎっしり人垣ができ、商家の暖簾(のれん)は上のほうしか見えない。二階の窓からも老若男女が顔を突きだしていた。

「そろそろやってくるはずだ」

「もう大伝馬町は過ぎてるだろう」

近くにいる大人たちが、ぶつぶついっている。

「捕まえたのは北御番所の同心だというじゃねえか。大変な手柄で、ご褒美もんだな」

「そうでもねえようだ。捕まえたのは屋敷の侍で、同心は鼠小僧を門前で引きわたされただけらしい」

「へえ、そうだったのかい」

新助は話をしている大人を振り返った。

そんな話をしている男を見た町奉行所の同心がいた。たったいま話に出た北町奉行所の定町廻り同心・大谷木七兵衛だった。隣には小者の鉄五郎がいる。

七兵衛は苦い顔をしていた。たしかに次郎吉を門前でわたされただけだ。それまで必死に捜しまわっていたのが、無駄になった。屋敷の侍は、投げ文があり、その夜に鼠小僧が盗みに入ることがわかっていたという。

（だったら、早く御番所に知らせてくれりゃいいものを……）

と、地団駄を踏みたくなった。だが、屋敷からの知らせはなかった。

よって、七兵衛は指をくわえて、屋敷の表で鼠小僧こと次郎吉を引きわたされただけだったが、それまでの苦労が水泡のように消えた一瞬でもあった。

「旦那、どうしやす？　やつを見て帰りますか？」

鉄五郎が聞いてきたが、七兵衛は苦み走った顔を遠くに向けていただけだった。

「鼠小僧はどこで殺されるんだい？　おじさん知ってるかい？」

新助は背後にいる二人の大人に訊ねた。

「小塚原で磔にされて獄門だよ」

自分の父親と同じ年ぐらいの職人だった。

「磔ってのはどんなお仕置きなの?」

聞くのは定吉だ。新助はやんちゃ坊主だが、定吉はわりとおとなしい子である。

「柱に縛りつけて槍で突き殺すんだ。そのあとで首を斬り落として、獄門台に置いて晒すのさ。悪いことやると、そういうことになるんだ」

定吉はその図を頭のなかに描いたのか、目をつぶってぶるっと肩を揺すった。新助も同じようなことを想像し、おっかねえとつぶやきを漏らした。

そのとき、室町二丁目のほうでざわめきが起き、人づてに声が運ばれてきた。

「来たらしいぜ」

さっきの大人が伸びあがって遠くに目を向けた。

新助も精いっぱい背伸びしたが、見えるのは人垣だけだった。しかし、みんなの顔は室町二丁目のほうに向けられている。

それからしばらくして、

「来たぜ、来たぜ」

という声が、さざ波のように伝わってきた。

新助と定吉は身を乗りだすが、他の大人たちも同じように身を乗りだすので、地面に這うようにして北のほうに目を向けた。

そのとき、馬に跨がった罪人の姿が見えた。後ろ手に縛られ、馬に揺られている。馬の前を歩く男が罪状を墨書した紙の幟（のぼり）と、捨て札を掲げていた。鼠小僧の乗った馬のまわりには、二十人ほどの男たちが六尺棒や槍を持って警固についていた。また、この一行には町奉行所の与力が二騎、侍二人、同心四人が出役していた。

「そら鼠小僧の引き廻しだ」

「次郎吉のお仕置きだ」

そんな声があちこちからあがり、周辺がざわめいた。

新助は息を呑んで馬上の鼠小僧次郎吉を凝視した。その姿がだんだん近づくにつれ大きく見えてきた。

「ちっちゃいな」

隣にいる定吉がつぶやいた。

たしかに次郎吉は小男だった。だが、これから殺されるというのに、口の端に小さな笑みを浮かべていた。

「怖くねえのかな」

と、新助はつぶやいた。

定吉が「そうだね」と、うなずきながら次郎吉を注視している。

次郎吉は白無垢(しろむく)の襦袢(じゅばん)に紺の縮(ちぢみ)、帯は黄色八端(きいろはったん)、白足袋に藤倉草履を履いていた。

「化粧してる」

定吉がつぶやく。

新助も気づいていた。次郎吉はうすく化粧して口紅をさしていた。その口がずっと小さく動いていた。

(なにをいってんだ……)

新助は耳をすまして、次郎吉の声を聞き取ろうとしたが、周囲のざわめきでよく聞こえなかった。

馬上にある次郎吉は、呪文のようにずっと同じことをつぶやいていたのだった。

『天の下ふるきためしは白浪の　身こそ鼠とあらわれにけり』

新助と定吉がぽかんと口を開けて見物しているうちに、鼠小僧こと次郎吉の姿は日本橋をわたって遠ざかっていった。

「旦那、行っちまいましたよ」

鉄五郎が猪首を大谷木七兵衛に向けていう。

「教えられなくたってわかってる。いちいちいうんじゃねえ」

七兵衛は吐き捨てるようにいうと、言葉を足した。

「もう次郎吉のことなんかどうでもいい。見廻りだ」

そういうなり人混みを離れたが、次郎吉を自分の手で捕まえられなかった悔しさはまだ尾を引いていた。

二

百地市郎太は開け放してある障子窓から、どんより曇った空を眺めていた。

階下から女主のお滝と客のやり取りする声が聞こえている。灰色の空をゆっくりと鳶が舞っていた。

市郎太は、伊勢町にある熊野屋という米問屋の二階に居候している身である。

「ふう」

我知らずため息をつくと、またお滝の話し声が聞こえてきたが、なにを話しているのかわからない。

わかったとしても聞く気などない。声はそれだけではなかった。店の周辺にも、前の河岸道からも人の話し声が聞こえてくる。

気になるのは「鼠」という言葉だ。同じ言葉が何度も聞こえていた。

市郎太ははだけた胸をポリポリかき、横になると「はー」と短く嘆息した。いつになく陰鬱な顔をしているが、そのわけは人にはいえないことだった。

「百さん、百さん！」

お滝が「百さん」と呼んだように、この店のものはみんな市郎太のことを「百さん」と呼んでいる。

階下からお滝の声が聞こえてきた。

「なんだい」

「飯はどうすんのさ。朝飯はまだじゃない。あんたの分が残ってるんだよ。食わないんだったら犬にでもやっちまうよ」

「ひでえこといいやがる」

市郎太は半身を起こして、いま行くよと答えたが、あまり食欲がなかった。今朝は起きたときからなにも食う気がしなかったし、昨夜はあれこれ考えることがあって、よく寝てもいなかった。うつらうつらしていたら夜が明けたという按配だった。

階下に下りると、帳場の横にいたお滝と顔があった。四十の大年増だ。庄助という亭主に一年前に死なれ、それ以降店を切り盛りしている。

「そっちにあるから勝手に食べてちょうだいな。それにしても顔も洗ってないんじゃないの。飯食ったら顔洗うついでに髭も剃ったほうがいいわね。それともそっちを先にするかい。どうせ味噌汁は冷えてるけど……」

お滝はポンポンと早口でまくし立てる。

「飯が先だ」

市郎太はぼそっといって、茶の間に用意してある箱膳の前に座った。焼いた目刺しと漬物と味噌汁が載っていた。そばに飯櫃があるので、蓋を開けて碗によそった。飯だけがあたたかくて、目刺しは冷えている。味噌汁も冷めていた。それでも市郎太は飯に取りかかった。いつもならがつがつと食って、さっさと飯をすますが、今日は箸の運びが遅い。

冷めた味噌汁をすすり、目刺しを口に入れる。帳場のほうからお滝と惣兵衛という番頭の話し声が聞こえてきた。

「もう行ったみたいですね」

「そう、もう行ったの。それにしてもみんな物好きだねえ。罪人を見物してどこがおもしろいんだろうね」

「有名な泥棒だからでしょう。隣の店は戸を閉めて見物に行ったようですよ」

「あきれるね。その隙に泥棒に入られちゃ、目もあてられないじゃない。泥棒見に行って泥棒に入られる頓馬な亭主なんてね」

お滝は洒落のつもりでいったらしく、自分で受けて笑ったが、惣兵衛の笑い声は聞こえてこなかった。

飯を食っている市郎太も笑わなかった。味気ない遅い朝餉をただ平らげるだけである。

「どっか具合でも悪いの？」

突然の声に、市郎太はびくっと肩を動かして土間に立っているお滝を見た。いつの間にここに来たんだと驚いた。

「どこも悪かないよ」

「でも、おかしいじゃない。遅くまで寝ていて、それに浮かない顔しているし……。なにかあったの？」

小うるさいお滝だが、根は悪くない親切な大年増だ。それに目鼻立ちが整っていて、若いころはかなりの美人だったというのがわかる。

「なにもねえさ」

「元気のない百さん見ると心配するじゃない。惣兵衛さんも浅吉も、今日はどうしたんだろうって気にしてんのよ」

浅吉というのは手代である。

伊勢町は日本橋地域のほぼ中心地にあり、江戸物流の拠点となっていた。町の北には伊勢町河岸（塩河岸ともいう）があり、町の西方にある日本橋川からの入堀には米河岸があった。河岸場には白漆喰の蔵がずらりと建ち並んでいるし、米問屋が集中しているので、毎日相場が立った。

そんな町にある熊野屋は、決して大きな店ではない。

女主のお滝以下、番頭の惣兵衛、手代の浅吉、そして小僧の太助というこぢんまりした店である。商売が成り立っているのは、昨年死んだ庄助を贔屓にしていた客がそのままついているのと、道浄橋のすぐたもとという立地である。

道浄橋は、本町・大伝馬町・本石町などと人口密集地を貫く大横町という通りにつながっているので、人の往来が思いの外多いのだ。

「天気が悪いから気分もすぐれねえだけさ」

「やだね、風邪でも引いたんじゃないのかい。移されたらかなわないから、お茶飲んだら上にあがって寝てたほうがいいわよ」

お滝は茶をわたしながらいう。

（いわれなくたって、そうするよ）

と、市郎太は内心で毒づき、黙って茶を受け取った。

「それじゃお大事にね」

お滝はすっかり市郎太が風邪を引いているものだと決めつけ、さっさと帳場に戻っていった。

茶を飲んで二階の自室（居候している四畳半）に戻ると、ごろりと横になった。

それからすぐのことだった。パタパタと草履の音がしたと思ったら、

「こら、店んなかを走るんじゃないよ！」

と、お滝の怒鳴り声が聞こえてきた。それを無視したようにふたつの足音が、階段をバタバタと駆けあがってくる。

三

「百さん、見てきたよ」

部屋に飛び込んできたのは、近所の大工のやんちゃ坊主・新助だった。いっしょにお滝の倅・定吉も入ってきた。二人とも興奮しているのか、ほっぺを赤くして息を切らしている。

「なんだ、お化けでも見てきたか」

「これからお化けになるやつを見てきたんだよ。鼠小僧が引き廻しにされてんだよ」

「ふん」

片手枕をしていた市郎太は、鼻を鳴らして半身を起こした。

「なんだい。おもしろくない顔をしやがって。せっかく鼠小僧の話をしてやろうっていうのによ。なあ定吉」

新助はそういって定吉を見る。

「そうだよ。鼠小僧は化粧していたんだよ」

「なに、化粧だと……」

市郎太が驚き顔をすると、二人は見てきたことをそっくりそのまま話した。

市郎太は煙管（キセル）を吹かしながら、その話をぼんやりと聞いていた。

「それで、これから槍で突かれて殺されるんだってさ」

ひととおりのことを話し終えた新助が付け足した。

「それから、首を斬られて、晒されるんだって」

定吉も言葉を足す。

「それがおもしろいか……」

市郎太は煙管を灰吹きにコンと打ちつけて、二人をにらむように見た。

「なんだよ。おっかねえ顔して……」

　新助が尻込みしていう。

「悪いことするとそういうことになるんだ。だからって、おもしろおかしいことじゃない」

「そんなこといったって、みんな見に行っていたんだ。なあ、定吉」

「うん、大人たちはみんなおもしろがっているふうだった」

「おもしろいことなんかねえッ！　そんな暇があったら家の手伝いでもするんだ。そっちのほうがよっぽどましだ」

　いつにない市郎太の不機嫌さに、ふたりは驚きおののいたように目をみはり、口をぽかんと開けた。

「おれは疲れている。ひとりにさせてくれ」

　穏やかにいいなおすと、ふたりは一度顔を見合わせ、すごすごと出て行った。

「せっかく親切に教えに来たってェのに、腹立つな」

　階段を下りながら新助がぶつくさいっている。

「でも百さん、疲れた顔をしていたよ」

定吉が応じている。その声にお滝の声が被さった。

「あんたたち、店んなかをドタバタ走るんじゃないわよ」

「ごめんごめん、ちょいと急いでいたもんで」

定吉が謝る。

「なにが急いでいただい。どうせ鼠見物に行って、その話を百さんにしに行ったんだろう。百さんは具合が悪いんだ。そっとしておいてやらないと、風邪をこじらしちゃうじゃないか」

お滝は勝手に風邪だと決めつけている。

「なんだ百さん、風邪なんだ」

新助が答えた。

それから穏やかではない二、三のやり取りがあったが、もう市郎太は聞いていなかった。

もう一度横になって、窓から見える曇り空を眺めた。

(おれは裏切り者か……)

内心でつぶやいた。

（でもなあ……）

市郎太はそのまま目をつむった。

すると、昨年からのことが走馬燈（そうまとう）のように脳裏をよぎった。

市郎太が噂になっている鼠小僧次郎吉に気づいたのは、京都で大地震が起き、天保と改元された翌年（天保二年）のことだ。

同年七月に浅間山が噴火し、江戸にも噴煙が流れてきたその夜、市郎太は四谷北伊賀町にある親戚筋の、鈴木重蔵（すずきじゅうぞう）宅で食事をもてなされての帰りだった。

自宅は鮫ヶ橋の拝領屋敷にあるが、無役だった父・市十郎（いちじゅうろう）が死んだため、近々屋敷を出なければならなかった。家禄も扶持もなく仕官の話もことごとく閉ざされ、先の見通しはまったく立っていなかった。

だが、市郎太はなんの不安も感じていなかった。

（どうにかなるだろう）

という、生来の楽天的な性分のなせる業だった。

提灯（ちょうちん）も持たずに夜道を歩いていると、前方に動く黒い影が見えた。その影は某旗本屋敷の塀越しに出ている松の枝に縄をかけ、それを使って屋敷内に姿を消したのだ。

（盗人……）

市郎太はとっさに思ったが、様子を見るためにすぐそばの武家屋敷の門に身を隠し、盗人が出てくるのを待った。

出てきたところを捕まえてやろうという功名心があった。その手柄を認められ、仕官できるかもしれないという思いも胸のうちにあった。

盗人が忍び込んだ屋敷は、そのあたりでは大きなほうだ。主が誰であるかわからないが、使用人も多いと思われた。その屋敷は瓦屋根を冠した築地塀で囲まれている。

はたして盗人は四半刻（約三十分）もせずに、塀を乗り越えて道に姿を見せた。即座に追って捕まえようかと思ったが、盗人は手ぶらのようだ。

（盗みにしくじったか……）

ならば捕まえても手柄にはならない。

盗品がなければ、盗みに入ったという証拠を立てられないからだ。しかし、懐中に金目のものを持っているかもしれない。

市郎太はいろいろと考えながら盗人を尾行した。気づかれる恐れはなかった。自分の足音と気配を消す術を知っているからだ。

盗人は歩きながら黒頭巾を剥ぎ取り、近くの寺に入った。そこで、身を包んでいる黒装束から町人の恰好に着替え、風呂敷包みを抱え持って寺を出た。

行った先は、神明町にある長屋だった。表通りは東海道で、近くには増上寺がある。

(ここが盗人の住まいか……)

盗人の家に押し入って脅しをかけてもよかったが、それではおもしろくない。男は縄を持ち、着替えをするという周到さから察して、きっとまた盗みに入るはずだ。

(そのときに押さえよう)

市郎太はそう決めると、盗人の住まいを確認しただけで、その夜は引き返した。

翌日の昼間に同じ長屋に行って、男の家を探ったが留守である。

同じ長屋の住人に男のことを聞くと、名は次郎吉で鳶職人だというのがわかった。

(次郎吉……)

それから数日、市郎太は次郎吉を見張りつづけた。鳶職人だというが、仕事をしているようではない。毎日暇をつぶすように町をぶらつき、夜は料理屋で酒を飲んだり、小さな賭場に出入りしたりしていた。

（さては盗んだ金で遊び暮らしているのだろう）

これはますますもって許しがたいこと。つぎに盗みに入ったとき、必ず捕まえてやると、市郎太は心に誓った。

しかし、次郎吉の見張りを数日できなくなった。お上から拝領していた屋敷を出なければならなかったからだ。

持ち金も金目のものもほとんどなく、裸同然で鮫ヶ橋の屋敷をあとにすると、次郎吉と同じ町内にある裏店に腰を据えた。

これでいつでも次郎吉を捕まえることができる。

次郎吉は五尺（約一・五一メートル）足らずの小男で、年は三十半ばと思われた。鳶職人のわりにはいい着物で身を包み、持っている煙管や煙草入れなども見るからに高直（こうじき）なものだった。ちょっとした洒落者だ。

市郎太が神明町の裏店に腰を据えて十日ほどたったとき、次郎吉は先日忍び込んだ鮫ヶ橋そばの旗本屋敷へ向かった。

　屋敷の主人は、木村平左衛門（きむらへいざえもん）という旗本で、四千石取りの書院番頭だった。そのことを調べていた市郎太は、次郎吉は大金を狙っているはずだと推量していた。先日忍び込んだのは、おそらく下見だったのだろう。そして今日もその下見のようだった。

　いよいよ目が離せなくなった。次郎吉は近いうちに盗みをはたらくはずだ。

　案の定、二日後の夜に次郎吉は長屋を出ると、まっすぐ木村平左衛門の屋敷がある武家地に向かった。

　時刻は九つ（午前零時）近かった。屋敷の主も、使用人もすっかり寝入っている時分である。

　次郎吉は龍谷寺という寺の境内に入ると、その暗がりで黒装束に着替えて目当ての屋敷に向かった。例によって、塀越しに突きだしている松の枝に縄をかけ、そのまま屋敷内に姿を消した。

　そして四半刻もたたずに次郎吉は、表に戻ってきた。

　背中に小振りの金箱を背負っている。

（ついにやったか）

身を隠して見張っていた市郎太は、夜道を急ぐ次郎吉を尾け、龍谷寺の境内に入ったところで、

「やい盗人」

と、声をかけた。

＊

次郎吉が大いに驚いたのはいうまでもない。下ろしかけていた金箱を自分の足に落とし、

「あいたたッ……」

と、うめいてうずくまったのだ。

市郎太は刀を突きつけて、

「神妙にしな。てめえの悪事もこれまでだ。それにしても用心深く、念の入った盗みをやるやつだ」

と、盗人の後ろ襟をつかんで立たせた。

「ま、待ってくれ。この金は貧乏な百姓に配らなきゃならねえんだ。あの旗本は知行地を持っていて、その村からひどい年貢を取り立てているんだ。出世したのも、その村から取り立てた年貢を使ってのことだ」

「なんだと……」

「村の百姓たちは食うや食わずの暮らしをしている。その百姓たちを助けるために、金を奪い返したんだ。頼む、そんなわけがあるから見逃してくれねえか」

市郎太は首をかしげた。

ひょっとして、こやつが噂の鼠小僧ではないかと思ったからだ。もしほんとうに鼠小僧だったら、とんでもない男に会ったことになる。

無役から浪人身分になった市郎太には、あかるい希望や将来はなかった。それでも、どうにかなるだろうと気楽に考えていたのは、生来の気性と若さのせいだった。そうはいっても市郎太には、父親を使い捨てのように見放した幕府権力への反感があった。

それに世の中は不公平だ。力のある者が出世し、名家に生まれた者が恵まれる。

人より抜きんでた才量を持ちあわせていても、家が貧しく親に権力がなければ、浮かばれることはない。

たまに底辺から這い上る人もいるようだが、それは広い砂浜から小さな金を拾うようなもので、滅多にあることではない。

つまるところ世の中というのは、力のあるものが勝ち、貧乏人は一生貧乏をするというのがお決まりである。努力に努力を重ねても無駄に終わることが多い。恵まれなければならないものが苦しみ喘いで生き、もともと恵まれている人間だけが楽をして生きていける世の中。それが幕藩体制である。

人間の幸不幸は、生まれたときから決まっているのだとあきらめるしかない。

しかし、鼠小僧の噂を初めて耳にしたときには、世の中には天晴れな盗人もいるものだ。おれもそんな人間になれないだろうかという、憧れに近い思いを抱いた。

もし、目の前の男が本物の鼠小僧なら、天の巡り合わせかもしれない。

「いまの話に偽りはねえだろうな」

市郎太はまじまじと次郎吉を眺めた。

「嘘なんかじゃねえ、ほんとうのことだ。調べてもらえりゃわかる」

「おまえ、ひょっとして、鼠小僧じゃねえだろうな」

市郎太が問いかけると、短い間があった。次郎吉は一度自分の足許を見て、それからゆっくり市郎太に顔を向けなおした。

「そうだ」

次郎吉は自分が鼠小僧であることを認め、懐から一枚の紙を取りだした。

その紙を受け取った市郎太は、星あかりを頼りに書かれている文字を見た。

鼠――。

噂の鼠小僧は、盗みに入った屋敷に「鼠」という書付けを残している。

すると――。

市郎太は、ハッとなって鼠小僧こと次郎吉をあらためて見た。

刀を引いたのはすぐだ。

「あんたがそうだったのか。こりゃあとんでもねえところで会ったもんだ」

「頼む、見逃してくれ。この金で救われる貧しい百姓がいる。痩せこけた子供に飯を食わせることもできる。いっときのことかもしれないが、少しだけの間でも人並みの暮らしができるようになるんだ。その間に畑仕事に精を出せるようになる。乳飲み子のいる母親の乳も出るようになる」

次郎吉は泣きそうな顔で訴えた。

「なにをいうんだ。そうとは知らずに失礼をした。許してくれ」

市郎太は刀を鞘に納めると、逆に謝った。

「は……」

「鼠小僧の噂はよく聞いている。世の中にはいいことをする人間がいるもんだと感心していたんだ。おれもそんな人間になりたいと思っていたのだ。次郎吉さん」

市郎太はさっとその場に土下座をした。

「おれを弟子にしてくれませんか。お願いいたします」

「え、そりゃ……」

「これからは親分と呼ばせていただきます。どうか弟子にしてください」

次郎吉は戸惑った顔でしばらく考えていたが、

「それじゃ今夜のことは忘れてくれるんだな」

と、たしかめるようにいう。

「忘れるもなにも、おれは口が裂けたって鼠小僧のことは他言しません。天地神明に誓って約束します。弟子にしてください」

　市郎太が再び頭を下げると、

「わ、わかった。それじゃ弟子にする」

　と、次郎吉は答えた。

四

　ポツポツという音に気づき、市郎太は目を開けて現実に立ち返った。

泣きだしそうだった空から雨が落ちてきたのだ。

　市郎太はそのまま表を眺めていた。空を舞っていた鳶の姿もなく、空気がひんやりしてきた。寝そべって煙草盆を引き寄せ、煙管を使った。

　ぼんやりと紫煙を吐きながら、雨の景色をひとり楽しみ、煙管を灰吹きに打ちつけると、

「あれが人生の分かれ道だったのかもしれねえな」

　と、つぶやきを漏らした。

また、ごろりと横になって目をつむると、鼠小僧次郎吉との思い出が脳裏に浮かんだ。

弟子入りを頼んだそのあと、市郎太は次郎吉の隠れ家に連れて行かれた。

そこは青山久保町にある空き家だった。家のなかには蜘蛛の巣が張り、畳を剝がしてある床板は埃で被われていた。

「まあ、楽にしな」

次郎吉にうながされた市郎太は、埃を払って腰をおろした。

「それで弟子にするとはいったが、おれはおめえさんのことをよく知らねえ。名はなんという、侍のようだが、仕事はどうしているんだい？」

次郎吉は煙草盆を引き寄せ、煙管を取りだして聞いた。暗い家のなかは蠟燭のあかりだけで、二人の影が壁に大きく映っていた。

「百地市郎太と申します。無役の御家人の長男ですが、父が死んでいまは行き場も仕事もありません。仕官しようと願っていたのですが、それも叶わずです」

「するってェと、貧乏浪人ということじゃねえか」

「ま、さようなことです」

「年は？」

「二十一です」

「若えな。ま、そりゃいいが、なんでおれみてェな盗人になろうと思うんだ？」

聞かれた市郎太は居住まいを正し、小柄な次郎吉をまっすぐ見る。

「親分はさっきもおっしゃいましたね。この金で救われる貧しい百姓がいる、その百姓たちを助けるために、金を奪い返したんだと。天晴れだと思いました。それに鼠小僧の噂は前々から耳にしていて、世の中には正義の悪党がいるのだと感心していたのです。なにせ、困った人のために、危険を承知で悪い大名の屋敷に忍び入って金を盗むんですから。悪い大名を懲らしめ、貧しい正直者たちにその金を分け与えているんでしょう」

「まあ……」

次郎吉は照れたような笑みを浮かべて、煙管を灰吹きに打ちつけた。

「立派です。おれもそんなことをしてみたいと、前々から思っていたんですが、まさか本物の鼠小僧に出会うとは思いもしないことで、これはきっと神様が巡り合わせてくれたのです。いえ、きっとそうに決まっています」

「大袈裟なことをいうやつだ。ま、わかった。それじゃしばらくおれに付き合うんだ。だけど、まさかおめえさん、盗んだ金を独り占めしようという魂胆じゃあるめえな」

「滅相もありません」

市郎太は慌てたように顔の前で手を振った。

「それじゃ〝仕事〟がうまくいったときには少しの分け前をやる。だけど、大きな望みを持つんじゃねえぜ。分け前は暮らしに困らねえ程度だ。盗みは金儲けのためにやるんじゃねえからな」

「わかっています。暮らしていけるだけで十分でございます。それで今夜の金を困った人に配るんでしょうが、そのお手伝いをしましょうか」

「それにゃあ及ばねえ。金はおれの考えで配って歩くんだ」

「さようですか。親分がそうおっしゃるのでしたら、余計なことはしないようにします」

「なかなかものわかりのいい野郎じゃねえか。気に入ったぜ。よし、それじゃ明日の夜にでも親分子分の盃を交わそう」

「喜んでお受けいたします」

＊

翌日の夜、市郎太は次郎吉の招きにあずかり、料理屋で親分子分の盃を交わした。

小さな居酒屋かあるいは次郎吉の家で、固めの盃を交わすのだろうと思っていたが、そこは木挽町にある一流の料理屋だった。

「今日は大事な日だ。しけたことはできねえからな。ま、飲みな」

次郎吉は気さくに酌をしてくれ、市郎太の問いかけに逐一答えてくれた。

悪徳大名や悪事をはたらいている旗本らのことは、それなりに調べをしているという。その具体的なことは教えてくれなかったが、盗みに入るときには、前以(もっ)てその屋敷のそばに隠れ家を設けているらしい。

「重い金箱を背負って夜道を歩きゃ、ひと目につくしあやしまれるだろう」

「なるほど」

いわれてみればそうだと、市郎太は感心する。

それから次郎吉は、忍び入る屋敷のことはあらかじめ調べ尽くしていた。

「おれは元は鳶だった。おれが仕事をした屋敷なら造作ねえが、なにも知らねえ屋敷がある。そんときゃ、昔の仲間をそれとなく頼ったり、その屋敷の普請をした大工や畳職人、左官、庭師に話を聞くんだ。詳しくわかったところで入るが、最初からうまくいくとはかぎらねえ。だから下見のために何度も入るんだ」

「一軒の屋敷に何度入るんです？」

「うまくいきゃ、一回ですむが、そうでねえときは三回も四回も下見に入ることがある。まあ、そのときどきだわな」

「捕まったことはないんですか？」

市郎太の問いに、次郎吉は黙って自分の袖をまくって見せた。入れ墨があった。罪人に彫られるものだ。

「七年前に一度捕まっちまった。ありゃあまったくのドジだった。それで所払いを食らっちまって、上方に行っていたことがある。まあ、ほとぼりが冷めたんで戻ってきたんだが……」

次郎吉は当時のことを思いだしたらしく、苦々しい顔で酒を飲んだ。

捕まったのは土浦藩上屋敷だったという。南町奉行所で調べを受けたが、初めて盗みに入ったと証言したので、所払いですんだといった。所払いとは追放刑である。そのときに、罪人の証しである入れ墨を彫られたのだ。

「万が一捕まるようなことがあったら、初めて入った、ほんの出来心だったと、平謝りに謝るんだ。そうすりゃ一度目は軽い刑ですむはずだから、よく覚えておけ」

「へえ、わかりました」

その夜、次郎吉は支度の金だといって、十両をわたしてくれた。市郎太は次郎吉の気前のよさに驚き、嬉しくもあったが、

「親分、こんなにいいので……」

と、遠慮がちに聞くと、

「おりゃあケチな男じゃねえ。取っておきな」

次郎吉は太っ腹なことをいって笑った。

鼠小僧の弟子になったからといって、毎日盗みに入るわけではなかった。それから次郎吉は、普段二人でいっしょにいるのを嫌った。普段からつるんでいると、世間の目がうるさいし、もしヘマをしでかしたときにアシがつきやすいというのが理

由だった。

だから市郎太は暇を持てあましていた。指図されたのは、悪い評判のある大名や旗本の噂を聞いてこいということだった。

しかし、そんな噂など滅多にあるものではなかった。

そして、ついに最初の〝仕事〟をやることになった。下見のための侵入である。

*

入るのは築地に屋敷を構える旗本の家だった。次郎吉は隠れ家を、その屋敷に近い南小田原町二丁目に借りていた。

その夜は新月で、江戸は真っ黒い闇に包まれていた。下見のために入る旗本屋敷の前に来ると、市郎太はひとつ聞かせてくれといった。

「この旗本はどんなあくどいことをしているんです?」

「貧乏な商人に、儲かる商い株を都合してやるといって、賄(まいない)(賄賂)をもらっているんだ。だが、そんな株をもらった商人はひとりもいねえ。この屋敷の殿様がてめえの懐に入れて、贅沢三昧をしているだけだ」

「それじゃ賄を贈った商人は怒るでしょう」

「みんなカンカンだ。だから取り返してやるのさ」

「そりゃごもっともなことで……」

「それにしてもおめえのその身なりは、大(て)ェしたもんだ」

次郎吉が暗闇のなかで、感心したように市郎太を見る。

「親分、おれのご先祖が忍者だってお忘れじゃないでしょう。そういったじゃありませんか」

「そうだったな」

市郎太は忍者お決まりの黒装束（目だけ被わない平頭巾、細身の伊賀袴、上衣、手甲脚絆、黒足袋）である。鼠小僧こと次郎吉は、黒染めの手ぬぐいで頬被り、黒染めの股引と腹掛け、半纏(はんてん)という出で立ちだ。

「それじゃ入るぜ」

次郎吉が縄を塀のなかに投げ入れようとしたとき、市郎太は待ったをかけた。

「親分、こんな塀なんざわけもありません」

市郎太はそういうなり、少しだけ助走をつけ、塀の壁にトンと足をつき、つぎの瞬間には塀の上にいた。次郎吉が塀の下で目を白黒させていた。

「親分、縄をください。あっしが引っ張りあげます」

市郎太は縄を受け取ると、そのまま次郎吉を引っ張りあげて、屋敷のなかに入った。

「おめえ、身が軽いな」

次郎吉が感心する。市郎太はそんなことは気にせずに、

「で、どっちへ行けばいいんです？」

と、周囲に注意の目を向ける。

「屋根に上るんだ」

市郎太は上を見た。月はないが、瓦屋根越しに満天の星たちがきらめていた。

「それじゃまた、さっきの要領で親分を引きあげましょう」

市郎太はそういうなり、庭にある高い榎をするする上ると、途中でひょいと屋根に飛び移った。それから縄を垂らして、次郎吉を引っ張りあげた。

「おめえ猿みてえなやつだな」

次郎吉はまた感心した。

その夜の下見は難なく終わった。

市郎太の身の軽さと従順さをすっかり気に入った次郎吉は、

「おめえはいい子分だ。これからはもっとでけェ、いい仕事ができる」

と、頬をほころばせて可愛がるようになった。

市郎太も相手は尊敬する鼠小僧次郎吉だから、いわれることや教えられることを砂が水を吸うように覚えていった。

そして、ついに最初の仕事を首尾よくやってのけた。盗んだ金は三百両に満たなかったが、次郎吉はそれで十分だと満足し、手間賃だといって十両を市郎太にわたした。

「こんな大金をもらっちゃ、騙された商人に悪いんじゃありませんか」

市郎太は遠慮しようと思ったが、

「なにいってやがる。金がなきゃ飯を食えねえだろう。他人のためとはいえ、こっちがお陀仏になっちゃ人助けはできねえ。そうじゃねえか」

たしかに他人のために盗みばたらきをやって、飢え死にしては元も子もない。市郎太は素直に受け取ることにした。

それから月日を置いて、ふたつの大名屋敷に入った。二人で手を組んでやる〝鼠盗め〟は、なんの支障もなく、出来すぎなほどうまくいった。

年が明けた天保三年の正月、次郎吉は験担ぎだといって吉原に市郎太を招待した。まだ若い市郎太にとって吉原は憧れの地であった。心を浮かせて大門をくぐると、そこにはいまだかつて見たことのない新世界が目の前に広がっていた。

（これが吉原だったのか……）

市郎太は胸を高鳴らせて、花魁道中を見物し、またその花魁の艶やかさと美しさに我を忘れて見入った。

花魁が八文字に駒下駄を踏みだすたびに、簪が小さな音を立て、笄がきらびやかに光る。華やかな衣装にも負けない面貌と容姿、上品で色気のある仕草。

新造や禿と呼ばれる女郎、傘持ちなどの従者が長い列を作って付き従い、通りを練り歩き、一軒の妓楼に消えていった。

市郎太が放心した顔で、ため息をついていると、

「今夜はあの花魁を相手にするぜ」

と、次郎吉がニタリと笑った。

そんなことが容易くできるのかと、市郎太は疑問に思ったが、なんのことはない、次郎吉は吉原の常連らしく、引手茶屋の前を通るたびに、「あれ、次郎吉さん」と呼びかけてくる店の者が多数いる。

なかには今夜はうちを使ってくれと、袖を引く者さえいた。

「親分はずいぶん顔見知りが多いんですね」

市郎太は感心するが、次郎吉は余裕の体である。そして、一軒の引手茶屋に入り、芸者を呼んで飲めや歌えのどんちゃん騒ぎをやらかした。

次郎吉は酒の勢いもあるのか、お大尽気取りで大盤振る舞いをする。祝儀だといって、小判をどんどんばらまくのだ。畳に散らばった金に芸者や幇間が飛びつくと、次郎吉はゲラゲラと楽しそうに笑った。

市郎太はこのとき、小さな不信感を抱いた。

次郎吉の持っている金は盗んだ金である。盗みに入った屋敷の主が、どんなに悪党でも、そしてその金がどんな悪銭でも、もともとは盗み金で、貧乏人や困っている人間に分け与えるものではないか。それを次郎吉は湯水のごとく使う。

そして、次郎吉はほんとうに最前の花魁を名指しして、市郎太の伽をさせたのだ。浮かれ気分で吉原に来た市郎太も、部屋持ちの新造をあてがわれ、楽しい一夜を過ごしはしたが、酔いの醒めた朝を迎えると、罪悪感にひしひしと襲われた。

鼠小僧は罪のない貧乏人の味方だと思っていた。たしかにそんな一面もある。盗みのあとで貧乏長屋に出向き、鼠と書いた包み紙に一両小判を包んで投げ入れている。しかし、それに使う金はせいぜい三、四十両だった。

余った金のことを聞くと、次郎吉は決まって同じことを口にした。

「おめえの心配することじゃねえ。余り金はきっちり、あの大名にいじめられている貧乏人たちにわたすんだ」

市郎太はそのことを信じていた。きっと、自分の知らないうちに金を届けたり、配りにいっているのだと。

しかし、よくよく考えると、矛盾することがいくつもあることに気づいた。

*

吉原に招待されてから二月たったが、次郎吉は市郎太を呼ばなかった。不信感を抱いた自分のことに親分が気づいたのではないかと、市郎太は考えた。

相手は天下の鼠小僧だから、市郎太が知らないほど用心深い人間だ。それに人を見る目にも長けている。

（まさか、おれを切り捨てたのでは……）

と、思いもした。

その一方で、つぎの〝鼠盗め〟のための調べをやっているのかもしれないと、考えもした。

とにかく次郎吉からお呼びがかからないと、市郎太は暇である。それに、自宅の長屋には、よほどのことがないかぎり来てはだめだと釘を刺されている。

雪が解け、梅の花が咲いて散り、桜が咲いた。

それなのに次郎吉から声がかからない。暇だらけの市郎太はだんだん焦ってきた。なにせ仕事のない素浪人である。懐中にはわずかな金しかなかった。

このまま次郎吉から声がかからなければ、他に仕事を見つけなければならない。傘張りや爪楊枝削りの手内職でも探そうかと思いもした。

しかし、次郎吉が声をかけてきた。桜が散りはじめたころで、すぐ〝仕事〟にかかるというのだ。すでに下調べはすんでいるらしく、屋敷の図面も手に入っていた。

「おめえの助なしでもできる仕事だが、付き合ってくれ」

「今度はどんな悪党です？」

こういったとき、決まって次郎吉は歯切れが悪くなる。

「……御用達の店から金を借りておきながら、一銭たりと返しちゃいねえのさ。そんな殿様をのさばらせておくわけにゃいかねえ」

短く考えて次郎吉は答えた。

「大名貸しをした商家にも落ち度があるんじゃありませんか」

「貸した商家は、ちゃんと返済するという証文を持っているんだ。それなのに返さねえで贅沢をしているんだから、許せることじゃねえだろう」

「そりゃ、ごもっともなことで」

仕事は早かった。

その夜忍び込んだのは、下谷にある大名家の中屋敷だった。手薄な警固の屋敷で忍び入るのはわけなかった。

屋根から天井裏へ入ると、次郎吉が行き先を指図する。すでに次郎吉の頭には屋敷の絵図面がたたき込まれているからだ。

しかし、次郎吉はときどき前進をやめ、節穴に目をつけて下の部屋の様子を凝視することがたびたびあった。

市郎太は次郎吉が何をのぞいているのだろうかと気になるので、次郎吉の真似をして節穴に目をつける。そこに見えるのは、寝乱れた女の姿態であった。肌もあらわに、ときに裸同然で寝ている女もいた。

いずれも奥女中や大名の妾のいる長局や奥向きであった。

——寝入っているかどうかたしかめるのを忘れちゃならねえからな。

次郎吉はいつもそういうのだ。しかし、その時間が長い。たっぷりと女の寝乱れた姿を楽しんでいるふうでもあった。

さらに妙だなと思うことがあった。次郎吉は屋敷を守る家来のいる部屋を避け、侵入するのは、見つかっても斬り合いにならない奥向きがほとんどだ。そして、その女たちの眠っている部屋から金を盗むのである。

その夜盗んだのは、百八十両ほどだった。金箱ごと盗むということは滅多になく、おおむねその程度の金額が多い。身につけて逃げることができるし、金の持ち主が盗まれたことに気づかなければ、もう一度忍び込んで盗むという寸法である。

その夜も、次郎吉は手間賃だといって十両を市郎太にわたした。ありがたいことではあるが、次郎吉が盗んだ金をほんとうに困っている貧乏人や、騙された商人にわたしているかどうかがあやしかった。

だから、そのときにはこっそり次郎吉を監視することにした。

それでわかったのが、次郎吉は大名貸しをした商家などには一度たりとも立ち寄らず、毎晩のように花街に繰りだしているということだった。料理屋で湯水のごとく金を使い、飲み食いをしているだけなのだ。そうしない日には、賭場に行って金をすっていた。

市郎太は考えた。そして、また別のことに気づいた。次郎吉はときどき瓦版を売り歩く読売屋と立ち話をしたり、居酒屋に連れて行くことがあった。

その数日前には、市郎太も手伝って貧乏長屋に金を配り歩いている。鼠小僧が人助けのために、悪徳大名から金を盗んだという証拠付けである。

そして、その数日後に鼠小僧あらわれるという瓦版が出まわるのだ。

（何もかも親分が仕組んだことなのか……）

鼠小僧に対する疑念は、日を追うごとにふくらむばかりだった。

そして、商家や町屋のところどころで皐月や芍薬の花が咲き、お城や不忍池などの畔に杜若が見られるようになった四月、次郎吉がつぎの仕事を持ってきた。

忍び込む先は、浜町にある上野国小幡藩中屋敷だった。

次郎吉曰く、

「殿様は奏者番というえらい職に就いちゃいるが、それは賄で成り上がっただけで、その賄の金を、金貸しや屋敷出入りの商人たちから工面してやがるが、びた一文たりとも返しちゃいねえ。泣き寝入りしている商人は、十本の指じゃ足りねえほどだ」

「それがほんとうなら許しちゃおけねえですね」

市郎太は一応、次郎吉に合わせた。それに、今度は自分が聞く前に、盗みに入る理由を口にしたから事実だと思った。

下調べに入ったのは一度きりだった。それも造作ない仕事で、金がどこにあるかほぼ見当をつけることもできた。

「来月はじめにやるぜ」

次郎吉がいう日まで、少し間があった。

市郎太はその間に、小幡藩のことを自分なりに調べてみた。すると、次郎吉のいっていることと、小幡藩の実態に食いちがいのあることがわかった。

たしかに小幡藩松平家の勝手向きはよくなかった。多額の借金があることもわかった。国許は荒廃していて、年貢収入も少なかった。だからといってむやみに借金をしているのではなかった。

藩主の松平忠恵は緊縮財政政策を打ち立て、自ら質素倹約に努めていた。借金についても、年に二度貸し主に伺いを立てて、返済の遅延を詫びながらも利息だけは払うという律儀さであった。

よって、市郎太の調べのかぎり、

（あくどい大名じゃない）

であった。

これまで次郎吉を「親分」と敬い、鼠小僧は義賊だと思い込んでいたが、とんだまちがいだった。

鼠小僧次郎吉は、自分の享楽のために盗みをはたらく単なる盗人だったのだ。

市郎太の落胆は大きかった。

「明日やるぜ」

次郎吉にそう告げられた日、市郎太は断った。

「親分、申しわけないが、今度はひとりでやってくれ。おれはどうもしぶり腹が治らなくて弱っているんだ」

嘘だったが、次郎吉はそれならしかたない、早く腹を治して、つぎは組んでやろうといって帰っていった。

翌朝、市郎太は松平忠恵の中屋敷に投げ文をした。

――今夜、鼠小僧忍び入り候
そして、翌五月五日の夜、鼠小僧こと次郎吉は、屋敷内で待ち構えていた家人(けにん)たちによって取り押さえられ、表門で待っていた北町奉行所の定町廻り同心・大谷木七兵衛に引きわたされた。

ピカピカッとあかるい閃光が空を切り裂き、市郎太が寝転がっている部屋が一瞬まばゆい光に満たされた。

我に返って目を開けると、ドカーンと耳をつんざく雷鳴が轟いた。

市郎太は一瞬息を呑んで雨を降らせている空を凝視した。

その空に銀色の稲妻が走った。そして雷鳴。

(ついに命が断たれたか……)

磔にされ槍で突き殺された鼠小僧次郎吉の姿が、市郎太の脳裏に浮かんだ。

そのいやな像を振り払うために、半身を起こしてかぶりを振り、拳を強くにぎり締めた。

あぐらを組んだまま暗い空をにらむように見た。

(おれはこれからどうすりゃいいんだ)

と、自問したが、さっきから次郎吉との長いようで短い付き合いを思い返しているうちに、胸のうちに決めたことがあった。

「おれは、おれは……」

市郎太は小さなつぶやきを漏らすと、くわっと目を見開いて、胸のうちで叫んだ。

(おれが真の義賊になる!)

第二章　上州浪人

一

「百さん、百さん！」

鼠小僧次郎吉が処刑されて数日後のことだった。

市郎太が熊野屋の一階、帳場奥でのんびり茶を飲んでいるところへ、血相変えて
お滝が飛び込んできた。

「なんだい」

「ちょ、ちょっと大変なの」

店に駆け戻ってきたお滝は、ハアハアと息つぎをする。

「大変って、何が大変なんだ？」

「そこの河岸道で喧嘩なのよ。誰か止めに入らないと殺し合いになるわ。百さん、止めにいって。あんた、そのために居候させているんだからね」

お滝はいっきにまくし立て、表を指さしながら早くしろとせっつく。

「わかった。で、誰と誰が喧嘩してんだ」

「浪人かやくざか知らないわよ。とにかく早く行きなさい」

お滝はのそりと立ちあがった市郎太の背中を押した。

河岸道に行ってみると、野次馬がたかっていて、怒鳴り声が聞こえてきた。市郎太が野次馬を押しのけて前に出ると、威勢のいい地廻りが匕首（あいくち）を構えて、総髪の浪人とにらみあっていた。浪人は刀を抜いている。

そこには一触即発の緊迫した空気があった。

「てめえ、もう勘弁ならねえ」

「詫びを入れる気はないということか、ならば容赦せぬ」

浪人はグイッと眉を吊りあげ、さっと刀を八相に構えなおした。そこへ若い地廻りが匕首を腰だめにして突っ込んでいった。

周囲で、キャーという女の悲鳴。

地廻りは浪人に軽くいなされて、無様に両手を地面についた。精三郎という土地の三下やくざだった。市郎太は何度か顔を見たことがある。

「このくそッ」

精三郎は吐き捨てると、さっと立ち上がるなり、ばつ印を描くように匕首を振りまわして浪人にかかっていく。命を惜しまぬ無謀な喧嘩だ。その胆力には感心するが、浪人の相手ではないと、市郎太にはすぐにわかった。

浪人は刀を八相から青眼に構えなおして、精三郎を右へ左へかわす。

「逃げてばかりいやがって。このへぼ侍がァ！」

精三郎は口の端に溜めていたあぶくのようなつばを飛ばして喚いた。

「ぬかしたな」

浪人の目がギラッと光った。

本気で斬るという気魄をみなぎらせたのだ。その瞬間、刀が大きく振りあげられ、袈裟懸けに振り下ろされた。

キーン！

耳をつんざく鋼(はがね)の音がした。

浪人は刀をはじき返され、半間ほど下がっていた。邪魔をしたのは市郎太だった。

浪人の目が市郎太に向けられる。

「どうしてこんなことになったのか知りませんが、その辺にしておいたほうがいいでしょう。こんな与太公を斬っても刀が汚れるだけでしょう」

市郎太が刀を引いていうと、精三郎が嚙みつくような顔を向けてきた。

「てめえ、与太公といったな」

「そうじゃねえのか」

「なにをッ……」

「おめえのかなう相手じゃねえ。おれが止めなかったら、おめえはいまごろあの世だぜ。わかってねえな。馬鹿臭い喧嘩なんかやめて、さっさと帰りやがれ」

「うるせえ！」

精三郎は怒りの矛先を市郎太に向けて、匕首で斬りにきた。市郎太はひょいと半身をひねると、匕首を持っている精三郎の腕をつかみ取り、大地にたたきつけた。

うーんと、うめいて精三郎はそのまま失神した。

「世話の焼けるやつだ」

市郎太はそういっておいて、浪人を見た。

「無駄な喧嘩でしたね」

浪人が黙って見つめてきた。最前の怒りは、その目から消えていた。

「まったく無駄なことだった。それにしても威勢だけはいい男だ」

浪人はそういったあとで、

「おぬし、名は？」

と、聞いた。

「百地市郎太。あんたは？」

「佐久間新蔵という旅の者だ。またどこかで会うやもしれぬが、手間をかけた」

そのまま佐久間新蔵は野次馬を押しのけ、中之橋をわたっていった。野次馬たちは喧嘩が収まったので、なんだかつまらなそうな顔をして散っていった。

残った市郎太は、河岸道でのびている精三郎に活を入れて、気を取り戻させた。

「な、なんだ。てめえ……」

意識を取り戻すなり、精三郎は小面憎い顔でにらんでくる。

「てめえの相手は行っちまったよ。なんで喧嘩なんかしやがった？」

「あの野郎、逃げたのか？」

精三郎は半身を起こしてまわりを見まわす。

「逃げたんじゃねえ。なんのわけであんなことした？」

「てめえにいうことじゃねえ」

精三郎はそういっておきながら、

「あの野郎がそこをどけといったんだ。てめえでよけりゃいいものを、えらそうにいいやがるからカチンと来たんだ」

と、立ちあがり尻を払いながらいう。

「くだらねえ」

「なんだと」

「危うく命を落とすところだったんだぜ。そんなことで殺されたら浮かばれねえだろう」

「男の意地だ。ちくしょう。おめえ、熊野屋の居候だな。ちょうどいい、話がある」

「なんだ？」

「いまいうことじゃねえ、だが、あとで挨拶に行くからお滝にそういっておけ」

精三郎はそのまま肩で風を切って、江戸橋のほうへ歩き去った。

二

「百さんも余計なことを。あんな野郎、殺されちまえばよかったんだ」

熊野屋に出入りしている、金助（きんすけ）という御用聞きだった。

「そんなこというもんじゃありませんよ」

お滝が窘（たしな）めるが、金助の口は止まらない。

「どう考えたって精三郎が悪かったんですよ。道の真ん中で、人足に因縁つけていたんですから。そこへあの浪人がやってきて、邪魔だから話し合いならよそでやれといっただけなんです。それで精三郎が喧嘩を吹っかけたんですから」

「でも、百さんが間に入ったおかげで、精三郎は事なきを得たってわけね」

「あのまま放っておきゃ精三郎は斬られていたよ」

戸口で立ち聞きしていた市郎太がいうと、話をしていたお滝と金助が、ギョッとした顔を向けてきた。

「なんだ、そこにいたんですか、人が悪いな」

金助はばつが悪そうな顔をして、頭をポリポリかいた。

「お滝さん、その精三郎がなんだか挨拶に来るといっていたぜ。どういうことだかわからねえが……」

市郎太が雪駄（せった）を脱いで帳場にあがると、お滝の顔が急にこわばり、

「ついにきたか」

と、ぽつりと漏らした。帳場に座っている番頭の惣兵衛の顔も曇った。

「ついにきたってどういうことだ？」

市郎太はお滝のそばに腰をおろした。

「この辺は作蔵（さくぞう）一家の縄張りで、どこの店もみかじめ料を搾り取られているのよ。うちも亭主がいるときは、しぶしぶ払っていたけど、あたしの代になってからは断ることにしたの。だって、女の細腕でこの店を守らなきゃならないのよ。やくざの脅しに負けていたら大事な売り上げが減るじゃない。ただでさえ、汲々としている

んだから」

「ふむ」

「でも、おかみさん、あんまり意地を張ると、あの一家はなにをするかわかりませんよ。わたしは少しぐらいなら払ってもいいと思うんですが……」

　惣兵衛が遠慮がちにいった。

「いやよ。払ってもなんの得もありゃしないでしょう。相手は町のダニみたいなやくざよ。そんなやつらに食い扶持を与えるなんて愚の骨頂よ」

　お滝が鼻息荒くいうと、惣兵衛は黙り込んで、目の前の算盤にジャーッと指を走らせた。

「なるほど、そういうことか……」

「百さん、精三郎が来たらあんたもいっしょにいてちょうだい。いい？」

　お滝がすがるような顔を向けてくる。

「ああ、わかった」

「こんなときのために、百さんを置いているんだからね。わかっている？」

　同じことを今日は二度もいわれた。市郎太は首をすくめるしかない。

「わかってますよ」

市郎太はそのまま二階にある自分の部屋にあがった。

四畳半のがらんとした部屋には、柳行李（やなぎごうり）と畳んだ夜具、そして衣紋掛けに袷（あわせ）の着物があるぐらいだ。

神明町の長屋を出たのは、次郎吉が捕縛された翌日のことだった。他の町の長屋に入ろうと考えていたが、ぶらりとやってきた伊勢町の茶屋でぼんやりしていると、声をかけられた。それがお滝だった。

「なんだかさっきからボーッとしているわね。暇なの？」

ふいの声に、これから先どうやって「真の義賊」になろうかと考えていた市郎太は、隣の床几（しょうぎ）を見た。

「若いお侍ね。それになかなかの男前」

「どうも」

「家出でもしてきたの？　それとも夜逃げ？」

お滝は市郎太が足許に置いている柳行李を見ていった。

「どっちでもねえけど、塒(ねぐら)を探さなきゃならないんだ」

「あてはないの？」

「ない」

　市郎太があっさり答えると、お滝がじっと見つめてきた。

「悪人じゃなさそうね」

「そう見えるかい。だけど、とんだ悪党かもしれねえぜ」

「悪い人間はそんなことといわないものよ。あ、あたしはこの先で米問屋をやっているお滝というんだけど、お侍は何とおっしゃるの？」

「百地市郎太。仕事のねえ浪人だ」

「正直なことを……。でも、百地なんて変わった名ね」

「よくいわれるよ」

「剣術は強いの？」

「どうしてそんなことを……」

　市郎太はお滝を眺めた。

　四十過ぎの大年増だが、器量は悪くない。若いときは美人だっただろうと思わせる顔立ちだ。だが、気の強そうな目をしている。

「初めて会った人に話すことではないんだけど、あたしは亭主に死なれて、代わりに店を切り盛りしているの。三人の奉公人しかいない小さな店だけど、女手で店を守っていかなきゃならない。でも、亭主がいなくなってから物騒なのよ」

「物騒……」

市郎太は目をしばたたいて聞いた。

「泥棒に入られやしないか、妙な人間が因縁をつけに来やしないかといろいろよ。女だと甘く見られちまうのね。男の奉公人はいるけど、頼りないし……。それで、百地さんはずっとご浪人なの？」

「浪人になるつもりはなかったんだけど、人生ってやつァうまくいかねえもんだ」

市郎太はそういって、自分の両親のこと、父親が無役の御家人になったこと、そして母親が先に死に、あとを追うように父親が死んだので、拝領屋敷を出なければならなくなったことなどをかいつまんで話した。

「仕官の口はなかなかまわってこないんで、手に職でもつけようかと思っていた矢先に、ある師匠に会ったんだけど、その師匠もいなくなっちまってね」

師匠というのは、鼠小僧次郎吉のことである。

「なんのお師匠さんだったの？」

「そりゃいえねえことだ。だけど、おれのほうが見切りをつけちまったんだ。おれの生き方に合わねえところがあったんで……」

「人それぞれ、いろいろあるものね」

お滝はしんみりといったあとで、パッと目を輝かせた。

「ねえ百地さん、もしよかったらうちに来ません。ちょうど一部屋空いているのよ。お住まいを探しているのでしょう。自分の家が見つかるまでうちにいてもいいわよ。もちろん、百地さん次第ですけど」

「ほんとにいいのかい。だけど、たったいま会ったばかりなんだぜ。そんな男を家に入れるなんて不用心じゃねえか」

そういうと、お滝はほっこり笑った。

「あたしは人を見る目があるの。百地さんは悪い人じゃないわ。いま話してわかったもの。大丈夫、心配いりませんから」

「こらッ、定吉！　新助と遊んでばかりいないで、たまには店の手伝いをしなさい！」

階下からお滝の怒鳴り声が聞こえてきて、市郎太は我に返った。

そのままぼんやり、窓の外を眺める。

ぴーひゅるるーと、のどかな声を降らせている鳶が空で舞っていた。

（居候して、もう三月か……）

その間に市郎太はすっかり店の者たちと打ち解けた。そして、誰もが市郎太のことを「百さん、百さん」と親しく呼んで接するようになった。

居心地がいいので、そのまま居候しているが、いつかは出て行かなければならないと考えている。

（それに、悪徳の大名や旗本を見つけなきゃならないが……）

どうやって見つけるかが問題だった。ずるずると今日まで過ごしてきたが、このままではいけない。

（なにか手立てはないものか……）

ぼんやりまとまりのつかないことを考えていると、もう夕暮れの空になっていた。

この時季は日の暮れが早いので、暗くなるのはあっという間だ。

「豆腐ーぃ、豆腐ーぃ、生揚げがんもどき、豆腐ーぃ、豆腐ーぃ……」

表から豆腐売りの声が聞こえてすぐ、手代の浅吉がやってきた。

「百さん、おかみさんがお呼びです」

そう告げる顔がこわばっていた。

「精三郎が来たんだな」

「ひとりじゃありません」

「いま行く」

三

一階の帳場に下りると、上がり框（がまち）に精三郎が不遜な顔で座っていて、ふたりの連れが土間に立っていた。いずれも褒められた人相ではないし、胸元を大きく開いていた。

お滝と番頭の惣兵衛が神妙な顔で帳場に座っていた。

「よお居候、さっきはご挨拶だったな」

精三郎がにたついた顔で市郎太を見てきた。

「なんだ、礼でもいいに来たか」

市郎太はお滝の横にどっかり腰を据えた。

「口の減らねえやつだ」

「減らねえのはおめえのほうじゃねえか。それで挨拶に来るとかいっていたが、手土産でも持ってきたか」

「このォ」

精三郎は腕まくりをして嚙みつきそうな顔になった。色白の細面にある切れ長の目を光らせる。

「挨拶なんかいらねえが、何の用だ？」

「この店のおかみがよ、強情張ってやがるんだ。おれたち一家はこのあたりの店の後見になっている。その手間賃をしぶって出さねえんだ。それじゃ示しがつかなくてな。どこの店も気持ちよく払ってくれるのに、この店の集金ができてねえんだ」

「金を取りに来たのか。なんの金だ？」

「だからいっただろう後見の代金だよ。なんだてめえ居候のくせしやがって、ごちやごちゃ横から口出すんじゃねえ。これは、おれたちとおかみとの話し合いだ」

「この人はうちの奉公人のひとりです」

お滝がキリッとした顔でいった。

「ほうそうかい、そりゃ初耳だ」

精三郎は人差し指で耳をほじり、ついた耳垢を市郎太に向かってふっと吹いた。

「みかじめを取りに来たんだろうが、おめえら三下じゃ話にならねえ」

市郎太は首筋を指先でかきながらいう。

「なにを……」

「作蔵っていう親分がじきじきに挨拶に来るか、こっちから話しに行ってもいい。どうする？　おれはこの店の後見だからな」

市郎太がそういうと、精三郎はふたりの仲間と短く顔を見合わせた。

「話のわからねえ店だな。よし、わかった。それじゃおれについて来な。話は親分としてもらおうじゃねえか。その度胸があるなら、そうしてもらおう」

「そんなことに度胸なんかいるか。ま、いい、それじゃ案内しろ」

市郎太が立ちあがると、お滝が不安そうな顔で「大丈夫？」と聞いてきた。

「話をするだけだ。煮たり焼いたりされるわけじゃねえ」

市郎太はそのまま精三郎たちの案内を受けて、作蔵一家に行った。熊野屋からほどない瀬戸物町に作蔵の家はあった。福徳稲荷のすぐそばだ。

「ほう、こんなところにいい家じゃねえか。まさか借家じゃねえだろうな」

「馬鹿にするんじゃねえ。親分の持ち家だ」

精三郎がムキになっていう。

戸口を入ると、刀を預けてくれといわれたので、市郎太は黙って預けた。

「親分、話がわからねえんで、熊野屋の後見という野郎を連れてきやした」

廊下に片膝をつけて精三郎が座敷のなかに声をかけた。

「後見だと……。いいから入れ」

作蔵の声が返ってくると、精三郎が障子を開けて市郎太を座敷に入れた。

そこは六畳の部屋で、作蔵は高足膳を前に酒を飲んでいるところだった。

市郎太は凶悪な人相を想像していたが、そうではなかった。でっぷり肥えた中年で、肉づきのよい顔をしていた。それも布袋様のような善人顔だ。頭も布袋様と同じで剃りあげていた。

その部屋には作蔵の他に三人の男たちがいた。みんな神妙な面持ちで座っているが、揃ったようにいかつい体と顔をしている。

「熊野屋の後見らしいが、若いな。名はなんというんだ？」

いがらっぽい声で作蔵が聞いてくる。顔は布袋様だが、目だけは鋭い。

「あんたが作蔵さんか。ものわかりのよさそうな親分じゃないか。おれは百地市郎太という。この三下じゃ話がわからねえから来たんだが、要はみかじめがほしいってことだろう」

「熊野屋は今年になってまだ納めていないからな。若い衆を集金に出したんだ。だが、こんなことは初めてだ。金を納めてもらおうか。他の店もみんな納めているんだ。熊野屋だけ大目に見るってわけにはいかねえ」

「そんな取り決めがあるのか？　いったい誰が決めたことだ？」

「なに……」

作蔵は眉間にしわを彫り、持っていた盃を高足膳に置いた。

「お上が決めたことなら、納めなきゃならねえだろうが、そうでなきゃ断る」

「よくもおれの前で大口がたたけるもんだ」

「大口でも小口でもねえさ。聞くが、他の店はみんな納めているというが、この界隈の店のすべてが納めているってことか？」

「目こぼしをしている店もある」

「それはなぜ？」

「取るに足りねえ店だからだ。あんまりいじめちゃ可哀相だからな。苦しい勝手向きなら勘弁してやってる」

「さすが一家の親分だけあってものわかりがいいようだ。だったら熊野屋もいじめないでくれ。主のお滝さんは、死んだ亭主の後を継いで、女の細腕で小さな店を切り盛りしているんだ。売り上げだって決してよくはない。三人の奉公人を抱えちゃいるが、満足な給金も払えない始末だ。お滝さんは、みかじめを払うんだったら、そんな奉公人の給金を増やしてやりたいと考えている。それに、お滝さんにはまだ幼い子供がいる。その面倒もある。なにかと手がかかり、金もかかる年頃だ。そんな店から金をしぼり取るのは酷じゃねえか。作蔵親分は任侠を重んじているんだろう。そこにちゃんと書いてある」

市郎太は床の間の掛け軸を見ていった。

「任侠というのは信義を重んじ、弱きを助け強きをくじき、命も惜しまず義のために尽くすってことじゃねえか。そんな親分なら、弱い者いじめはよしてもらいてえな。熊野屋は苦しい勝手向きだ。そんな店をいじめるのは可哀相だ。親分はたったいま、そんなことをおっしゃった」

市郎太は少しへりくだって、静かに作蔵を見つめた。表情が変わっていた。

「なるほど、百地さん、あんたのいうことはもっともだ。おれもそういうこととは知らずに、若いもんを使いに出したが、あんたが来てくれたおかげで目が覚めた思いだ。なるほど、そうでしたか、わかりました。熊野屋さんのことはしばらく様子を見ることにいたしやしょう」

作蔵が折れたので、部屋にいた子分たちが驚いたように目をみはり、互いの顔を見合わせた。

「さすが一家を構える親分だ。それじゃ、主のお滝さんにいまのこと伝えておきます。お楽しみのところ邪魔をしました」

市郎太はそのまま下がろうとしたが、作蔵が呼び止めた。

「あんたは若いのに筋のとおったことをおっしゃる。久しぶりに骨のある男に会った気がして、気持ちがよくなった。百地さん、あんたの将来が楽しみだ」

作蔵が笑みを浮かべたので、市郎太は微笑みを返した。

四

「出かけてくる」

翌朝早く、市郎太は熊野屋の一階に下りるなり、小僧の太助に声をかけた。

「へえ、行ってらっしゃいまし」

竹箒（たけぼうき）を持っていた太助はぼんやりした顔で応じる。おっとりとした性格で、打てばひびくということがない。

市郎太が戸口を出ようとしたら、駒下駄の音を鳴らして、土間奥からお滝が走り出てきた。百さん、百さんと声をかけてくる。

「なんだい？」

「いえ、昨日はお世話になりました。助かりました。ありがとう存じます」

お滝は丁寧に頭を下げる。

「そんなあらためて何度もいうことじゃねえだろう。昨夜もいったじゃねえか」

「いいえ。昨夜、寝てからもう一度百さんにお礼をいわなきゃと思ったんです。居候してもらっているけど、やっぱりあたしの人を見る目は間違いなかったと、百さんに来てもらってよかったと、つくづく思ったのです」

「そう何度もいわれると照れるじゃねえか」

市郎太はほんとうに照れ笑いをした。

「お出かけ？」

「ちょいとな、仕事のことで……」

「仕事見つかったの？」

「ま、なんとなく目星があるんで話をしようと思ってな」

正直にいえないので、曖昧にするしかない。

「朝ご飯も食べずに行くの？」

「急ぐんだ。それじゃ、行ってくる」

市郎太は逃げるように熊野屋を出たが、さてこれといって決めている行き先があるわけではなかった。

ただ、昨夜、床についてから思ったことがある。

(あの生臭坊主だったら何か知恵を出してくれるのではないか)

ということだ。

生臭坊主とは、鮫ヶ橋南にある一行院の住職・玄照(げんしょう)のことだった。一行院は百地家の菩提寺で、先祖代々の墓がある。

市郎太は本小田原町、安針町、本船町と抜けていった。市中の商家はまだ大戸を開けず、暖簾もあげていないが、この界隈の町は別である。

狭い横町にも肩を寄せあうように並んでいる小店も、表通りの店もすでに開店しており、喧噪とした空気がある。

朝が早いというのに人出の多さに目をみはるのは、魚河岸があるからだ。魚問屋は本船町だけで百七十軒はゆうにある。魚河岸につけられた漁師たちの舟から、魚介類がどんどん水揚げされ、問屋に運ばれていく。

すでに市がはじまっていて、買い手と売り手の掛け合いの声がこだましている。

一帯は煮炊きをしている煙と蒸気と朝靄に包まれていた。

そんななかを、仲買人や問屋の奉公人、そして買い付けに来た棒手振(ぼてふり)や料理屋の奉公人たちが小気味よく動きまわっている。

　江戸のほうぼうから集まってくる行商人や商人らをめあてに、魚屋や干物屋、乾物屋はもちろんのこと、その他に一膳飯屋(いちぜんめしや)・酢屋(すや)・麻苧(あさお)問屋(どんや)・明樽(あきだる)問屋・水油(みずあぶら)問屋・線香(せんこう)問屋などと種々雑多の店も開店していた。

　雑踏を抜けた市郎太は日本橋をわたり、日本橋通りを歩く。道の両側に江戸有数の大店が並び、昼間は歩くのも困難なほどの往来だが、いまは静かである。

　野良犬や野良猫が目立ち、ときどき脇道から納豆売りや豆腐売りの行商人があらわれ、また路地に消えていく。商家は大戸を閉めたままで、色とりどりの暖簾や趣向を凝らした立看板も見られない。

　それでも東雲(しののめ)から射し込む朝日が町全体を包んでいた。

　市郎太は芝口から堀沿いに北へ向かう。赤坂田町を抜け、紀伊国(きのくに)坂を上る。左は徳川御三家のひとつ紀伊家の広大な屋敷だ。一行院にはその屋敷を通り抜けるのが早いのだが、そうはいかない。

　大きくまわり込んで鮫ヶ橋の通りに出た。そのまま西に向かっていくと一行院に辿りつく。幼いころ、その寺で散々いたずらをやらかしていたので、玄照には何度も折檻を受け説教をされた。だが、憎めない坊主で、ときどき蒸かし芋や菓子をくれたりした。

（ほんとうはいい坊さんなんだ）

ということを、幼いながらわかっていた。

そして、両親をつぎつぎと亡くしたときには、

――おまえさんの親は運がなかった。質素に葬ってやるしかないが、布施はいらぬ。おまえはしっかり生きるのだ。

と、野辺送りにかかる費用一切をただにしてくれた。

山門前に来ると、市郎太はひとつ息を吐いて吸った。

休まず歩いてきたので、うっすらと汗をかいていた。額と首筋の汗を手拭いで押さえて境内に入ると、欅（けやき）の下で焚き火をしている者がいた。

煙で影しか見えないが、市郎太には玄照だとわかった。何しろ六尺近い大きな体をしている。寺にはそんな大柄な坊主や小僧はいない。

境内の木々の間から鵯（ひよどり）や目白（めじろ）の声がわいていた。

「おや、これは……」

煙の向こうからあらわれた玄照が市郎太に気づいた。

「お久しゅうございます」

市郎太は近づいて挨拶をした。

「元気であったか」

「はい。和尚、今日は話をしたくてまいりました」

市郎太は相手によって言葉を使い分ける。

「ほうほう、どういう風の吹きまわしだろう。それにしても悪ガキもちゃんと大人の言葉を使えるようになったか」

玄照は意地の悪いことをいって、ホッホッホといつものように独特の笑いをし、

「まあ、茶でも飲もう」

と、市郎太をいざなった。

五

「それで、なんの話だ？」

母屋の座敷で向かいあって座った玄照は、市郎太に茶を勧めて、視線をまっすぐ向けてきた。

「わたしの身の振り方です」

「仕官できないままだというのは知っているが、何か考えでもあると申すか」

「仕官はとうにあきらめています。じつはある人と知りあい、その人に教えをいただいていたのですが、その人の真の姿を知り縁を切りました」

「その人というのは？」

玄照は六十という年のわりには、すんだ目をしている。見つめられると嘘がいえなくなりそうな清らかな目なのだ。しかし、肉も魚も食うし、酒も浴びるという生臭坊主でもある。市郎太はその辺の人間くささが好きだった。

「他言できない人なので控えます。しかし、その人はわたしの人生を変えました」

「ふむ」

茶を飲みなさいと玄照は勧めてから、言葉をついだ。

「まあ名は明かさなくてもよいが、そなたはその人と出会って、これからの生き方を決めたのであろう。だが、なかなかその取っかかりがつかめない」

図星である。市郎太はドキリとした。

「そなたは、その人を敬っていたが、意に添わぬことがあったというわけだ。しかし、その人の生き方、あるいはやり方ということに心を動かされているのだろう」

「まさに、おっしゃるとおり。恐れ入ります」

市郎太は頭を下げるしかない。

「迷うことはない。信念を持てばよいのだ」

「信念……」

「さよう。そして、愚かに見えるほど誠実であればよい。さすれば、おのずと自分に返ってくる。で、どんなことをしようと考えておるのだ？」

玄照は市郎太をのぞき込むように身を乗りだした。障子越しのあわい光が、玄照のつるつるした肌を包んでいる。

「人のためにはたらこうと考えています」

「これはまた、市郎太にしてはえらいことをいう。あの悪たれ小僧だった市郎太の口から、まさかそんなことを聞こうとは思わなかった」

玄照は乗りだした体をもとに戻して、ホッホッホと笑った。肌つやはよいが、目尻には無数の深いしわが寄った。

「貧しい者、弱い者の味方になろうと、そういう考えにいたったのです」

「ふむ」

「この世に生を受けて、和尚には散々ご迷惑をおかけし、また親切を受けてまいりました。和尚に恩返しするというわけではありませんが、もはや自分の選ぶ道は、名もいらなければ金もいらぬ、命を惜しまず生きるということです」

「さようであるか。市郎太、よく聞け」

「はい」

「人の運は無限の組み合わせで決まる。口でいうこと、行うこと、そして考えが慈悲にもとづいておれば、それは善行として運をよくする。しかし、無慈悲な心にもとづいておれば、それは悪行となり運を悪くする。そして、おのれのやったことは、いずれおのれに返ってくる。人のために尽くし、人のために徳を積めば、運はよくなる。このこと忘れず、そなたの思いどおりに生きるがよかろう」

「ありがたき言葉、しっかり胸に刻みます。そこで和尚」

「なんだ」

「悪しき人間を見つけるには、いかがすればよいでしょう？」

　市郎太は真剣な眼差しを玄照に向けた。

「これは異なことを申す」

「わかりませぬか」

「どうやらそなたは鬼退治でもしようという腹のようじゃな。うむ、悪しき人間を捜すのは容易そうで、容易くはないだろう。またそういう人間をいざ見つけようとすれば、なかなか目につかぬかもしれぬ。しかし、その逆を考えるのだ。世の中には弱い者がごまんといる。理不尽な理屈をこねられていじめられ、貧しさを強いられている者たちがいる。その貧しさが心までをも貧しくし、自分を見失い、ついには善悪の見分けがつかなくなり、悪の道を選ぶ者がいるのもたしか。そんな人間を見極め、そして貧しくて弱い正直者たちを見つけることができれば、誰が鬼であるか、自ずとわかってくるはずだ」

「すると困っている人や貧しい人たちと接するということでしょうか」

「それもある。大事なのは世の中を見つめ、耳を傾けるということではないか。自分の目と耳で足りなければ、人を頼むこともできるはずだ」

「なるほど」

なんとなく手掛かりを得た気がした。

「市郎太、陰徳（いんとく）を積みなさい」

「陰徳……」

「人に知れないで、隠れてよいことをするという意味だ。さすれば、その善行はいずれ自分に返ってくる。仏はそう教えている」

市郎太は大いに感銘した。鼠小僧次郎吉に会ったとき、自分が感じたのはこれだったのだと、いまさらながら気づいた。

人に知れないで、隠れてよいことをする。それが鼠小僧だと信じていたからこそ、市郎太は弟子入りをしたのだった。

（そうだったか、そうであったか）

市郎太は内心でいたく納得した。

「話はもうよいか？」

「はい、ありがとう存じます。やはり和尚に会ってようございました」

市郎太は丁寧に頭を下げた。

「せっかく来たのだ、墓参りをしていきなさい。それからお閻魔様に会っていきなさい」

玄照は微笑みを市郎太に投げかけた。

母屋を出た市郎太は、その足で本堂に入った。そこには閻魔像が祀ってあった。子供のころ恐れた怖い像だ。

玄照は市郎太たちのいたずらを見つけると、

『お閻魔様が見ているぞ！　地獄の釜に入れてやるぞ！』

と、決まって脅し文句をいったものだ。

久しぶりに閻魔像と対面したが、子供のころから抱いていた畏怖心は変わらない。鋭い眼光が、人間の心の底までをも見通している錯覚に陥るのだ。

市郎太は手を合わせて一礼すると、両親の墓に参った。

そして、亡き父と母に告げた。

（父上、母上、わたしは陰徳を積むために義賊になります）

六

一行院をあとにした市郎太は帰路についたが、そのまま熊野屋に帰る気はしなかった。

玄照は悪党を見つけるためには、世の中を見つめ、耳を傾けろといった。それで足りなければ人を頼むこともできるともいった。

いわれてみればたしかにそうだと、納得しながら市郎太は歩きつづける。

(腹が減った)

と、感じたのは、溜池に近い榎坂に来たときだった。どこかで飯をと思うが、このあたりは大名と旗本の屋敷ばかりである。榎坂を下り、さらに潮見坂を下った。町屋とちがって武家地なので閑静である。人の姿をあまり見ない。高い塀から庭木がのぞいている。黄葉をはじめた銀杏（いちょう）、欅、そして緑濃い松など。

歩きながら鼠小僧次郎吉は、この屋敷にも入ったのだろうかと、ふと考えてしまう。

何しろ九十五余の屋敷に忍び入った男である。それも一度ならず二度も三度も入っているのだから、この屋敷も狙われた口かもしれないと思ってしまう。

芝口一丁目まで来て一軒のそば屋を見つけた。そのまま暖簾をくぐり、もうやっているのかいと店の主に聞いた。

「暖簾をあげてるからやってるんですよ」

ずいぶん愛想の悪い亭主である。

「そうかい、それじゃせいろでももらおうか」

「でも、は余計だよ、お侍」

亭主はそういうと、豆絞りの手ぬぐいを頭に締めて板場に入った。

「口の悪いオヤジだ」

市郎太は悪態をついて、煙草入れから煙管を抜いた。刻みを詰めて火をつける。

客は誰もいなかったが、裏の勝手口から年取った女が入ってきた。

「あんた、買ってきたよ。醬油はここに置いとくよ。鰹節はこれでいいかい」

「……ああ、それでいい。お客さんがいる、お茶を出しな」

板場でそんなやり取りがあり、亭主の女房と思われる女が茶を運んできた。

「いらっしゃいませ、どうぞ」

女房は茶を置くと、そのまま板場のそばに控えた。

(世間をよく見て、耳を傾けなきゃならねえが……)

市郎太は煙管を吹かしながら、宙の一点を凝視する。

熊野屋に出入りしている御用聞きの金助の顔が浮かぶ。おしゃべりな男だが、ほうぼうに出入りしているし、年がら年中表を出歩いている男だ。

(金助だったら)

何か知っているかもしれない。帰ったら早速金助に会おう。

そんなことを考えているうちに、せいろが届けられた。

麺をそば猪口に入ったつゆにたっぷりつけ、ずるずると食す。空きっ腹にやけにうまい。麺の腰もいいが、つゆもうまい。

頑固親爺のわりにはいいそばだと、ひとり納得する。

「いらっしゃいまし」

客が来たらしく女房が声をかける。

市郎太はそばを口に入れたまま、店に入ってきた男を見て、「あれっ」と心中でつぶやいた。相手も市郎太に気づいた顔で、

「よろしいかな」

といって、隣に腰かけた。つい先日、作蔵一家の精三郎に喧嘩を売られていた、佐久間新蔵という旅の侍だった。

「百地殿だな。先日は失礼をいたした」

「いえ」

市郎太は口のなかのそばを呑み込んで、胸をたたいた。

「あれはなかなかの元気者だったが、ああいう手合いはどこにでもいるものだ。おかみ、わたしにも同じものをくれるか」

佐久間は茶を運んできたおかみに注文をした。

「旅をしてるとおっしゃいましたが、いずこからおいでになったんです？」

「上野国高崎だ」

「高崎……それはまた遠いところから……」

詳しい場所はぴんと来ないが、上野だったら江戸のはるか北のほうだと、ぼんやりわかる。市郎太はそばを平らげ、茶を口にした。手ぬぐいで口を拭き佐久間を見た。何やら思い詰めた顔をしている。

「遊山旅ですか？」

「遊山なら気が楽だが、そうではない。思うところがあってまいったのだ」

「思うところ……」

市郎太のつぶやきに佐久間が顔を向けてき、

「百地殿は仕官されている……ようには見えぬな」

と、にこりともせずにいう。

「お察しのとおり、毎日暇暮らしです。仕官はとうにあきらめています。いまはとある商家の居候身分、要するに食えない浪人ということです」

市郎太は自嘲気味の笑みを浮かべたが、佐久間は真剣な顔で短く考えてから口を開いた。

「気楽そうでよいな。拙者は身命をなげうつ覚悟で、江戸にまいったのだ」

「身命を、なげうつ……そりゃまたどうしたことで……」

佐久間はまた短く考えて答えた。

「そなたなら話しても差し障りはないだろう。これは当家の恥であるが、いやもはや当家などという身分ではないか。拙者はわけあって職を辞し、浪々の身になっているが、それは国を立てなおしたいという一心だからだ」

「それは大きな話ですね。いかようになさりたいので……」

　市郎太が興味を示すと、佐久間は一気に話した。

「拙者は高崎藩松平家の家臣であった。藩財政は厳しく、殿様はまだお若い。それなのに、重臣らは私利私欲に目がくらんでいる者ばかり。挙げ句、浅間山の噴火があり、国許は大変な困難に陥っている。拙者は見るに見かねて、重臣らに質素倹約を進言し、榛名湖の水を引き、城下近郊の用水にしようという計画を立てた。以前にも同じ計画があったのだが、なにゆえか取りやめられたままだ。用水を引けば、江戸にも名の知れている上州絹を盛んにすることができ、農作物もよく育つようになる。だが、愚かな重臣らは拙者の考えを拒んだばかりでなく、藩に盾つく反逆者だと決めつけ、改易にしたのだ」

　改易とは、士分の籍をのぞき、知行はおろか俸禄、家屋敷を没収するということである。

「そりゃあ、ひどい話ですね」

「国家老では話にならぬので、江戸在府中の殿と家老らに進言したいと思っての旅である。すんなりとはいかぬだろうが、誰かが立ちあがらなければならぬ」

「江戸の家老らがわかってくだされればよいですね」

「うむ。国許の家老と同じように我が身のことしか考えておらぬ家老もいるから、厄介ではあるが……」

そばが届けられたので、佐久間は麺をすくってすすりはじめた。

市郎太はその様子をしばらく眺めてから、

「佐久間さん、首尾よくいくことを祈っています」

といって、辞去の挨拶をした。

「うむ、ありがたき言葉痛み入る」

表に出た市郎太は、もう一度そば屋を振り返った。

世の中には立派な考えを持った人がいるものだ。佐久間は自分の信念を貫くために、江戸に来たのだ。市郎太はその思いに少なからず感銘していた。

七

熊野屋に帰った市郎太は、二階の自分の部屋に入るなり驚いた。簡単に蓋が開かないように厳重に紐で縛りつけている行李が開けられようとしていたからだ。

その行李に取りついているのは、新助と定吉だった。

「もう手が痛ェよ。定吉、今度はおまえだ」

かたく結んだ紐をほどけない新助が、手をぶらぶらさせていう。すぐに定吉が紐をほどきにかかった。

「こんなにきつく縛りつけて、何が入ってんだろうな」

新助がいう。

「きっと人に見せたくないものじゃないのか。だから見たくなるんだよね。それにしても固く縛ってあるな」

すぐ後ろに市郎太が立っていることも知らずに、ふたりは行李の蓋を開けようと必死だ。

「こらッ！　何をしてやがる！」

市郎太が胴間声を発すると、ふたりは「ひッ」と心底驚いた顔で、尻餅をついた。

目を大きく見開き、ぽかんと口を開けて、市郎太を見た。

「おまえら油断も隙もねえな。おれの行李を開けてどうしようってんだ」

怒った顔でいうと、新助と定吉は顔を見合わせた。

「人の部屋に勝手に入って、持ち物を見ようとするのは盗人と同じだ」

「勘弁してください。なかに何が入っているか見たかったんです」

定吉が泣きそうな顔でいう。

「盗もうとしたんじゃないんだ。百さん、そんなおっかない顔しないでください」

新助もべそをかきそうな顔でいうが、それが芝居だというのを市郎太は見抜いている。

「おまえらお仕置きだ。立てッ！」

「ひィ、いやだ、やめてくれ」

新助が畳を這うようにして逃げれば、定吉が反対側をすり抜けていく。捕まえるのは造作ないが、市郎太は放っておく。ふたりが小さな悲鳴を漏らしながら階段をバタバタと駆け下りていくと、

「こらッ、うるさい！　また悪さをしていたんだろう！」

と、お滝の叱る声が階下から聞こえてきた。

市郎太は苦笑を浮かべて、新助と定吉が取りついていた行李の紐を見た。大分緩んでいた。もう一度きつく締めなおす。

行李のなかには着替えの着物と、黒装束、手甲や脚絆が入っていて、二重底の下に手裏剣や撒き菱、吹矢などの忍具が入っていた。

(あいつら、またこの行李を見るはずだ)

何か手を打たなければならないと考えた。

一階に下りて、帳場奥で暇をつぶしていると、お滝がやってきた。

「百さん、仕事の口はどうだったの？　目星があるとかいっていたじゃない」

「昔の知りあいに道場に来てくれないかと相談を受けたんだ」

真っ赤な嘘である。

「師範代をやってくれないかとね」

市郎太は自分でいいながら、よくこんな嘘がすらっと出るもんだとあきれる。

「それでどうだったの？」

「考えておくと返事をしただけだ。悪い話じゃないが、おれにも考えがあるからな」

「そう、もし決まったらこの店を出て行っちゃうの……」

お滝は何やら淋しそうな顔をする。

「いまのところそういう気持ちはないよ。それより金助は来ないか？」

「今日はまだ来てないから、そろそろ来るんじゃないかしら。何かあの人に用なの？」

「ちょいと聞きてェことがあるんだ。来たら教えてくれ」

わかったわ、といってお滝は店に戻った。

帳場裏にいると、やってきた客と話をするお滝や手代の浅吉、小僧の太助の話し声が聞こえてくる。

番頭の惣兵衛は無口なほうだから滅多に声は聞こえない。たまに口を利くとすれば、決まってかたい話だ。四角四面の律儀さが惣兵衛だ。

人は好いのだが、鷹揚さに欠けるので取っつきにくい男でもある。だが、店には大事な番頭で、お滝も信頼しきっている。

御用聞きの金助がやってきたのは、日の暮れ前だった。

「へえ、百さんがあたしに何の用だろう？」

「昼寝して待っているわよ」

　お滝もずいぶんなことをいうが、そのじつ市郎太は横になって、うとうとしていた。

「百さん、何か知りませんがご用があるそうで……」

　金助が部屋に顔を出したので、市郎太はあぐらをかいて座り、こっちに来いとうながした。小太りの金助が目の前に座ると、市郎太は早速切り出した。

「おめえ、ほうぼうを歩きまわっているからいろんな話を聞くだろう」

「へえ、そりゃ仕事柄いろんな話を聞きやすよ」

「貧乏でどうしようもなく困っているやつのことも知っているか？」

　市郎太は金助の豆粒のような目を見て聞く。

「江戸の町はそんな人間ばかりですよ。長屋に住んでるもんはほとんどでしょう。まあ、なかにはそうじゃない人もいますが……それが何か？」

　金助は目をしばたたく。

「すると、ほとんど貧乏人で金に困っているってことか」

「ま、そうでしょう。あたしもそのうちのひとりですがね」

金助は苦笑いをする。

「そんな貧乏人をわざといじめたり、困らせているような人間はいねえか？」

「そりゃあいるでしょうが、なんなんです」

「知りてえからだ。知っているか？」

金助は小さな目を虚空に泳がせてしばらく考えた。

「心あたりはなくもありませんが、滅多なことはいえないでしょう。あとで変なとばっちりを食ったらおっかないじゃありませんか」

「そうか、それじゃこいつは許せねえ、人の風上にも置けねえというやつがいたら教えてくれるか」

「ひょっとして、そんな野郎をとっちめてくれるんですか」

金助は目を大きくして身を乗りだしてくる。

「勘弁ならねえような人間は放っちゃおけねえからな」

「百さん、いいですね。そんな人がいないかと前々から思っていたんです。百さんがそういうんだったら、これっていうやつを見つけたら、こっそり教えますよ」

金助は楽しそうに笑った。

「頼んだぜ」

「まかしてください」

金助は嬉しそうな顔で、自分の片腕をパシッとたたいた。

市郎太はそれからしばらくして熊野屋を出た。

もう日が暮れかかっていて、仕事を終えた職人たちが家路を急いでいた。朝の早い昼商いの店も、店仕舞いの支度にかかっている。

市郎太はぶらりと河岸道に出て、小網町のほうに足を向けた。どこか適当な居酒屋に入って世間の話でも聞こうかと考えてのことだ。

作蔵一家の精三郎と出くわしたのは、荒布橋（あらめばし）をわたってすぐのところだった。いやな野郎だと思ったが、精三郎は市郎太に気づくと足を速めて近づいてきた。

「百地の兄貴、いい話があるんだ」

精三郎はにやついた顔でいった。そばにもうひとりいたが、こっちはかたい表情をしていた。

「いい話というのはなんだ？」

「おれに喧嘩売った浪人がいるだろう。百地の兄貴が邪魔をした喧嘩相手だよ」

「それがどうした」

「死んじまったよ」

「なにッ」

市郎太は目を剝いた。

「野暮用があって、ちょいと深川に行って来たんだけどよ、そこで騒ぎが起きてるんで見に行くと、あの浪人なんだよ。腹切って、大名家の門の前でくたばってやがった」

「おい、そりゃほんとうだろうな」

「嘘じゃねえさ。この目で見たんだ、なあ」

精三郎は連れの男を見ていった。

「その屋敷は深川のどこだ?」

「どこって、清住町あたりに行きゃすぐにわかるさ。あの辺で騒ぎになってるからよ」

市郎太は精三郎を押しのけるようにして、深川へ駆けだした。

第三章　しくじり

一

清住町で何人かに話を聞くと、佐久間新蔵がどこで自害したのかがわかった。

佐久間がいっていた高崎藩松平家の下屋敷の門前だった。

すでにあたりは暗くなっており、松平家の屋敷も宵闇に包まれていた。鉄鋲の打たれた頑丈な長屋門は閉じてあり、何事もなかったようにひっそりとしている。

(訴えは聞き入れてもらえなかったのだな……)

市郎太はしばらく屋敷前にいたが、勤番侍も使用人も出てくる様子はなかった。

──拙者は身命をなげうつ覚悟で、江戸にまいったのだ。

そば屋で佐久間が吐露した言葉と、そのときの表情が脳裏に浮かんだ。

あのとき、市郎太は思った。

(この人は一本筋のとおった人だ)

と。

だから好感を抱いていた。

そんな思いが、佐久間新蔵はなぜ自害にいたったのだろうかという疑問につながった。もちろん、佐久間がどんなわけで江戸に来たかは聞いているが、自害にいたる詳しい経緯を知りたくなった。

屋敷を離れると、大川に向かって夜道を歩いた。右は深川海辺大工町の町屋、左は旗本屋敷だ。ところどころに掛行灯（かけあんどん）のあかりが蛍のように浮かんでいる。

清住町に入ったとき、やけににぎやかな縄暖簾があった。酔客が大声をあげてしゃべったり、笑ったりしている。その合間に店の女の声も混じった。

市郎太はそのにぎやかさに誘われるように店に入った。入れ込みだけの店で、三人あるいは五人の客が、数ヵ所に散らばり、車座になって酒を飲んでいた。

市郎太は空いている席に腰を据えて、やってきたおたふくのような女中に酒を注文した。

客は近所に住む町人ばかりだ。職人ふうの男、商家の奉公人ふうの男、それぞれだ。

市郎太が黙然と酒を飲んでいると、左にいる三人の客が、大名家の門前で腹を切った侍がいたという話をはじめた。

「……すると、しばらくそのままだったってわけか」

「近所の長屋のおかみが気づかなかったら、ずっとそのままだったかもしれねえ」

「で、死体はどうなったんだ？」

「あとで屋敷の侍が来て引き取っていったらしい」

「するとあの屋敷の者だったんだろうな。そうでなきゃ死んだ人間を屋敷に入れたりしねえだろう」

もっと詳しく知りたいと思う市郎太は、

「ちょいと横から悪いが、そのことを詳しく教えてくれねえか。あ、おれはその自害された人とちょっとした知りあいなんだ」

声をかけると、三人の男たちは互いの顔を見合わせた。

「あっしは人づてに聞いただけで、この目で見たわけじゃありませんがね」

そういうのは、最初に話を切り出した男だった。腹掛けに半纏というなりだから職人だろう。だが、その職人の話は、又聞きのようだから要領を得なかった。

「見つけたのは近所のおかみだといったな。そのおかみの長屋はどこかわかるか？」

そう聞くと、職人はあっさり教えてくれた。

市郎太は残りの酒を、その職人に与えそのまま店を出た。

自害した佐久間新蔵を見つけたおかみは、おひでといって海辺大工町代地にある源次郎店という長屋に住んでいた。

突然訪ねてきた市郎太に、おひでは目をぱちくりさせた。

「じつはおれはその人の知りあいなのだ。なんとしても詳しいことを聞きたくてな。知っていることだけでいいから教えてくれないか」

市郎太が請うと、おひでは自分の見たままのことを話してくれた。

居間では亭主が静かに酒を飲んでいた。

「するとおまえさんが佐久間さんを見つけたのは、死んで間もないときだったってわけか」

「へえ、まだお腹から血が流れていましたから」

そのときのことを思いだしたのか、おひではぶるっと肩をふるわせた。

「なぜ、佐久間新蔵さんだとわかった？」

「わたしはすぐ番屋に走りまして、それで引き取ってもらったんです。それから町役連中が話し合って、松平の殿様の屋敷に使いを出したんです。しばらくして、屋敷の侍が五人来て引き取ったんですが、そのときに名前を口にされたんです。もう番屋のまわりは野次馬の人だかりでして……」

おそらく作蔵一家の精三郎は、その野次馬のひとりだったのだろう。

「佐久間様という死んだお侍は、手紙を持っていました。こううつ伏せに倒れていて、頭のそばに置かれていたんです」

おひでは少し前屈みになって、そのときの様子を真似て見せた。手紙というのはおそらく訴状だ。

「その手紙を読んだか？」

おひでは首を横に振った。

「番屋の人も見ようかどうしようかと相談していたんですが、そのうち屋敷の侍がやってきて、その手紙も持って行ったんです」

おひでが佐久間新蔵の死体を見つけたのは、日の暮れかかった七つ（午後四時）ごろだったらしい。そして、死体が屋敷に引き取られたのは、半刻ほどあとだった。

市郎太は礼をいって帰ろうとしたが、戸口の敷居をまたいだところで、おひでを振り返った。おひでは、まだ何かという顔をする。

「暮らしは楽かい？」

「楽なことなんてありゃしませんよ。亭主の稼ぎだけじゃ食っていけないんで、針仕事しなきゃならないんですから」

おひでの言葉に亭主が苦々しい顔をした。

「この長屋の他の者も楽じゃないってことか……」

「楽な人なんていやしませんよ。それでもうちは何とか食べていけるけど、奥のおみつさんの家は大変です。亭主が床に臥しちまって、食うや食わずなんです。家賃もずいぶんため込んでいるんで、今月あたり追い出されるかもしれません。行くあてなんかないのに、そんなことになったらあの亭主は死んじまいますよ」

「おい、余計なこというんじゃねえよ」

居間で酒を飲んでいた亭主が窘めた。

市郎太はあらためて、おひでに礼をいって長屋を出た。

二

からっとした天気が二日ほどつづいたが、その日は冷たい雨が降っていた。土砂降りではなく霧雨である。

市郎太は自分なりに高崎藩松平家のことを調べてみた。

藩主は松平右京亮（まつだいらうきょうのすけ）というまだ十代の若い殿様だった。そして、絶えず藩主のそばについて補佐をし、政務を行っている家老が四人ほどいた。佐久間はその家老らが私利私欲に目がくらんでいるといった。

もちろん誰であるか特定はしなかったが、江戸在府の勤番侍たちの話を拾い集めていくと、少しずつわかってきたことがあった。

高崎藩の上屋敷は数寄屋橋御門内にある。市郎太が佐久間と再会したのは、その上屋敷からほどない芝口一丁目のそば屋だった。

おそらく佐久間は、あのとき上屋敷を訪ねたのだろう。しかし、藩主には会えなかった。

なぜなら下屋敷に藩主がいたからだ。下屋敷は国許から運ばれてくる物資の貯蔵庫としても使われるが、藩主が休養する別荘としても使われている。

だから、佐久間は下屋敷に赴き、藩主へ直訴しようとしたが、面会はかなわなかった。よって、死ぬことでその思いを告げようとしたのだ。

市郎太はある勤番侍に目をつけていた。

高崎藩は八万二千石の大名家なので、それなりに家来の数は多い。なかには口が軽く、行状のよくない者が必ず何人かいる。

北村九兵衛(きたむらきゅうべえ)という勤番侍も、そんな男だった。藩政などには興味はなく、江戸参勤を楽しみ、時期が来れば国許に帰ってつつがなく役目を務めていれば、この身は安泰と考えているおめでたい男である。

市郎太は北村九兵衛に接近した。何しろ毎日のように外出をする男である。日が暮れると、決まったように上屋敷の長屋から出てきては、元数寄屋町界隈の安居酒屋にしけこんでいる。

その夜は山下町の縄暖簾に入った。市郎太がころ合いを見て同じ店に入ると、九兵衛はすでにご機嫌な顔で、馴染みになった店の女と話をしていた。

「ここ、いいですかい？」

市郎太は何気なく隣の席に座って九兵衛を見る。

「お、こりゃあ北村さんではありませんか。またよく会いますね」

「おお、奇遇だのォ。百地殿もよほどこっちがいける口のようだ。若いから一升や二升わけないだろう。さ、一献」

九兵衛は気前よく酌をしてくれる。

こりゃどうも、といって市郎太はいっきに盃をほす。

「気持ちいい飲みっぷりだ。ささ、もう一献」

九兵衛はすでに酒で赤くなっており上機嫌だ。もらってばかりでは悪いのでと、市郎太は店の者に酒を注文する。

「お国は大変なようではありませんか。いえ、ちょいと耳にいたしましてね。浅間山が噴火して、大変らしいと……」

「百姓どもは苦労しているらしいが、わしらにはなんのことはない。もっとも天明のときはかなりひどかったと聞いておる。それに比べるとさほどのことではないようだ」

九兵衛は茄子の煮浸しをつまんでいう。九兵衛は四十間際で国許には妻子がいて、此度の江戸参勤前に新しく子供を授かったなどと、市郎太にとってはどうでもいい話をする。それでも市郎太はおめでたいことだと話を合わせ、酌をしてやった。

おしゃべりな九兵衛は江戸暮らしを、勝手にあれこれ話した。市郎太はいちいちうなずいて聞いてやる。そして、適当なところで、

「そういえば、下屋敷の門前で腹を切られた方がいらっしゃったでしょう」

と、話を振ってみた。九兵衛は警戒などせず、

「あの方は改易になられた人でな。何故あんなことをされたのか……」

と、このときばかりは、切なそうなため息をついた。

「じつは名前を聞いて驚いているのです。佐久間新蔵さんとおっしゃるんでしたね」

「よく知っておるな」

九兵衛は意外な顔をしたが、やはり無警戒である。

「佐久間さんには何度かお目にかかって親切にしていただいたのです。それで、自害されたと聞き驚いた次第なのです。北村さんもよくご存じの方で？」

「まあ、親しくはなかったが、知ってはおった」

九兵衛は鰯の丸干しを口に運んだ。

「佐久間さんと仲のよかった方をご存じありませんか。いえ、佐久間さんのことを話したいと思いましてね。なかなか気骨のある人でしたから、自害されたと聞き、どうにも気持ちがすっきりしないんです」

「容易いことだ。親しくしていた者は何人かいる。会いたければ会わせてやろう」

「お願いできますか」

市郎太が目を輝かせると、九兵衛はまかせろと請け合った。

三

北村九兵衛の紹介で会ったのは、刈崎孫三郎（かりざきまござぶろう）という勘定方の役人だった。九兵衛が市郎太に会ってから二日後の昼下がりだった。

「では刈崎様、わたしはこれにて……」

市郎太を刈崎に紹介した九兵衛は、もう用はないとばかりにそのまま去って行った。そこは数寄屋橋御門前だった。

「佐久間を知っているそうだな」

刈崎は歩き去った九兵衛を見送ったあとで、市郎太に顔を向けた。

「はい、佐久間さんが自害されるその日の昼にも会っています」

刈崎はヒクッと眉を動かした。

「あの日、会っていたのか」

「はい、佐久間さんは国のことを憂えておられました。重臣のなかに心ない人がいるから、国が厳しくなっているようなことを……」

「待て。どこか落ち着くところで話をしよう」

刈崎は慌てたように遮ると、周囲を見まわしてから、ついてきてくれといった。

市郎太はそのままあとに従った。

行ったのは木挽町三丁目にある料理屋の二階座敷だった。ここなら人に話を聞かれることはないと刈崎はいって、女中を呼んで酒肴を注文した。

　運ばれてきたのは二合の酒と小海老の佃煮だった。

「どんなことを佐久間と話したか、詳しく教えてくれぬか」

「長話をしたわけではありませんが、とにかく国許の困難をどうにかしなければならない。そのために用水を引くよう進言しているが、重臣が聞く耳を持っていない。自分は改易された身だが、なんとかして国を立てなおさなければならない、といったようなことです。江戸に来たのも自分の考えを聞いてもらうためだと、そのようなことを話されました」

「そんなことをそなたに……」

　刈崎は疑わしそうな目を向けてくる。

「わたしに話しても害がないと思われたんでしょう。何しろわたしは、仕官もできない浪人です」

「佐久間とは何度会ったのだ？」

　刈崎は用心深い。

「多くはありませんが、いろんなことを話しました」

この辺は適当に誤魔化したが、刈崎は突っ込んだことは聞いてこなかった。ただ、眉間にしわを彫り、思案げな顔でしばらく黙り込み、酒をなめるように飲んだ。四十半ばの男で見るからに物堅そうな顔つきだ。その顔貌はどことなく佐久間に似ていた。

「佐久間さんは、私利私欲に目のくらんでいる重臣がいる、その重臣のせいで、国の勝手向きが悪くなっているようなことをおっしゃいました。身命を賭して江戸にやってきたとも。信念のある方でした」

「そういう男だったのだ」

「重臣というのはご家老らのことでしょう。そんなに身勝手な人がいるんですか」

「当家の恥は晒したくないが、佐久間がそれだけのことを話したというのは、よほどそなたを信用していたからだろう。他言されては困るが、厄介な家老がいるのはたしかだ。殿はまだお若い。その殿につききりで藩政を牛耳っている家老がいる。他の家老はその方のいいなりだ。此度、佐久間は訴状を持参したようだが、それを撥ねつけたのもその家老だった。そのために佐久間は自らの命を絶ってでも、訴えを聞いてもらおうと思ったのだろう。だが、まったく無駄死にだった。ほんとうに馬鹿なことを……」

刈崎は佐久間の死がよほどつらいのか、拳をにぎりしめ唇を引き結んだ。目を潤ませもした。

「他言しませんので、その家老は何とおっしゃる方か教えていただけませんか」

「知ってどうする？　まさか佐久間の敵を討つというのではあるまい」

刈崎は口の端にうすい笑みを浮かべた。

「わたしごとき浪人が近づける人ではないでしょう。ただ知りたいだけです」

「……中谷角右衛門（なかたにかくえもん）というご家老だ。殿の江戸詰が終われば、またいっしょに国許に帰られる」

市郎太は中谷角右衛門という名を頭に刻みつけた。

「刈崎さんはずっと江戸詰で……」

「いや、わたしも同じだ。もっとも家老とはまったく待遇はちがうがな」

「ひとつお訊ねしてよいですか」

「なんだ？」

「刈崎さんは佐久間さんの遺志を継ぐ気はないのでしょうか」

「継ぎたいと思ってもできぬことだ。命を捨てる覚悟があればできるだろうが、わたしにはとても……」

刈崎はかぶりを振って、手酌で酒をついだ。

「継げば死が待ち受けているということでしょうか」

「命を取られないとしても、取り潰しは免れまい」

「それも中谷というご家老がいらっしゃるからでしょうか」

刈崎は口許で盃を止めて、市郎太を凝視した。

「わたしは腰抜けかもしれぬが、重臣らの決めごとに阿るしかない。ただ時機がくるのを待つだけだ」

「時機……」

刈崎は盃をひと息にあけてから答えた。

「ご家老らのなかには、佐久間の考えを認めておられる方もいる。だが、いまは強く出ることができぬのだ。強く出れば身を滅ぼすことになる」

「佐久間さんがおっしゃっていた用水を造れば、国は潤うのでしょう」

「口でいうのは容易いが、いざとなるとそうやすやすとはできぬものだ」

「あきらめていれば何もできませんよ」

刈崎はさっと顔を向けてきた。

「中谷角右衛門というたったひとりの家老のいいなりなら、何とかできそうな気がしますが。そのご家老が死ぬのを待つしかないとおっしゃっているようですが、それまで苦しむ人が大勢いるのではありませんか」

「………」

「佐久間さんは自分の命をなげうってでも、多くの人を助けようとしたのではありませんか。無駄死にで片づけてはならないように思います」

「百地殿、そなたのいうとおりだ。たしかにそうだ。だが、同じ家中にいると、なかなかできることではないのだ」

「そういうものですか」

「そういうものだ」

そのまま会話は途切れた。

西に傾いた日が、窓から射していた。窓の外に色づき、枯れはじめている柿の葉が、ひらりと風に舞って落ちた。

「中谷角右衛門様は上屋敷にお住まいなのですか？」

「わたしのような下士とちがい、ご家老には町屋敷が与えられている」

そういったあとで、刈崎はハッとしたように市郎太を見た。

「まさか、そなた……」

「なんでしょう」

市郎太は刈崎が何をいわんとしたかわかっていたが、わざと小首をかしげた。

「いや、なんでもない。今日は話をしていただき礼を申す」

刈崎はそういって盃を伏せた。話は終わりだという合図だった。

だが市郎太は、

（ここからが、おれの出番だ）

と、胸中でつぶやいた。

四

刈崎孫三郎と別れた市郎太は、一度熊野屋に戻った。

「あ、ちょうどよかったわ」

帳場横で帳面を繰っていたお滝が市郎太を見るなりいった。

「何か用か?」

「掛け取りをお願いしたいの」

そんな暇はないといいたいが、市郎太は居候させてもらっている代わりに、掛け取り仕事を請け負っていた。世話になっている手前、断るわけにはいかない。

「なんだか気乗りしない顔ね」

お滝が真顔で見てくる。

「そんなことねえさ。で、どこへ行きゃいいんだ?」

「本町四丁目の佐野屋新兵衛さんと、大伝馬町二丁目にある太兵衛店の吉松さんをお願いします。どちらも半年も溜まっているの」

「そりゃひでえな」

「どうせいいわけすると思うから、書付(勘定書)を持って行って」

お滝は二枚の書付をわたしてきた。

すると帳場に座っていた惣兵衛が、半白髪の頭をかきながらもう一件お願いするという。

「二件も三件も同じだ。で、そっちはどこだい？」

市郎太は惣兵衛を見て聞いた。

「新材木町の杵屋さんをお願いします。こちらは二月に一度の晦日払いなんですが、毎度半分しかいただいていません。一度、清算してもらわないと、お互いにあとあと苦しくなりますから、そういってもらえませんか」

「わかった」

惣兵衛は生真面目な男だから、書付を丁寧に折ってそれをさらに半紙で包んで市郎太にわたした。そのうえで言葉を付け足す。

「付けを溜めれば、それに気を許し、借金はどんどん溜まります。苦しくても、多少の無理をしてもらわなければなりません。台所が苦しいのはお互い様ですから、そのことをしっかり話してくださいませ」

「ああ、わかった」

熊野屋を出た市郎太は、三枚の書付を懐に入れて、本町四丁目の佐野屋新兵衛を訪ねた。佐野屋は小さな生薬屋だった。主の新兵衛に会って、掛け取りに来たことを告げると、とたんに顔色が悪くなった。

「もっと待ってくれというんじゃないだろうな。だが、それはならねえ。苦しいのはお互い様だ。これが書付だ」

新兵衛は書付を手にして短く眺め、こんなに溜まっていたかなと、不服そうな顔で眉間を揉んだ。

「几帳面な番頭がきっちり書きつけているんだ。まちがいはない。疑うんだったら、おまえんとこの帳簿と照らし合わせりゃすむことだ」

市郎太の押しの一言がきいたのか、新兵衛はしぶしぶながら溜まっていた代金を払ってくれた。

「商売は信用が一番だ。それじゃまたよろしく頼む」

集金をした市郎太は、その足で太兵衛店の吉松を訪ねた。吉松は煙管師で、居職の職人だった。半年分は払えないが、三月分なら払えるという。

「それで何とか今回ばかりは勘弁してもらえませんかね。来月は二月分払いますんで、ついでに五升ほど配達してもらえるとありがたいんですが……」

「しかたねえな。おまえも大変そうだから。その旨お滝さんにいっとくよ」

「助かります」

吉松はぺこぺこ頭を下げながら、三月分のつけを払ってくれた。

端から全額集金できないというのはわかっているので、この辺は市郎太の判断であるし、お滝もそれに文句はつけない。

最後が新材木町の杵屋だった。杵屋は綿打ち屋で職人をふたり使っている小さな店だ。種を取り除いただけの繰り綿を、打弓（うちゆみ）という道具を使ってやわらかくして木綿屋や真綿屋に出荷する。だが、売り上げがさほどないのは世間の知るところだ。

案の定、杵屋の主は、来月から月毎に払うようにするから、今月は待ってくれと懇願する。

「おまえんところは二月に一度の晦日払いだ。四月から二月分しかもらっていない。その分も来月に払うってことかい」

「いや、それは……ちょっと、その溜まっている分は、少しずつ払い足していくというのではどうでしょう」

市郎太は少し考えて、

「きっちり約束するなら、お滝さんにその旨掛け合ってやろう」

と、いって主を見る。

「約束いたします」

「約束を破ったら、おりゃあ黙っていねえからな」

「へえ、約束は約束です。信じてください」

信じられはしない。また来月になったら、泣き面で何か理由をつけるはずだ。そうだとわかっていても市郎太は引き下がる。

結局、杵屋から集金はできなかったが、そのまま熊野屋に帰った。

「まあ、しょうがないわね」

市郎太から掛け取りの金を受け取り、話を聞いたお滝は眉尻を下げてため息をついた。

「それでもう他に用はねえな」

「もういいわ」

「金助は来ねえか？」

「どうしたの、このところやけに金助さんのこと気にするじゃない」

「やつに頼んでいることがあるんだ」

「さっき、表の河岸道で見かけましたよ」

土間で米俵の整理をしていた手代の浅吉がいった。

「そうか。それじゃ捜してみるか」

市郎太はそのまま熊野屋を出て、河岸道を歩いた。蔵が建ち並ぶ河岸道を過ぎると、河岸場につけられた荷舟が、岸に打ちあげられた魚のように舫ってある。

本船町に入る手前で、金助が横路地から出てきた。声をかけると、豆粒のような目を大きくして「こりゃあ、百さん」と、相好を崩した。

あかるい日の下で見ると、金助の顔にあるしわとしみの多さが目立った。四十半ばの男だから、年相応なのだろう。

「人の風上にも置けねえ許せねえやつのことでしょう」

「ああ、それもあるが見つかったか？」

「いえ、まだです」

「それじゃそっちはしばらく置いといて、他のことを頼まれてもらいてェんだ」

「なんでしょう？」

「高崎藩の松平右京亮という大名がいる。その殿様についている中谷角右衛門という家老がいるんだ。町屋敷に住んでいるというが、その場所を知りたいんだ。おれが調べると具合が悪いんで、おまえに頼みたいんだが、やってくれないか。礼はあとでする」

「なんでまた、そんな人を……」

「いろいろあるんだ。な、頼む、頼まれてくれ。おまえだったら、ちょちょいのちょいの朝飯前だろう」

「礼はお安くありませんよ」

「堅いことというんじゃねえよ。だが、まあわかった」

「それじゃこれから調べてきやしょう」

「店で待っている」

五

金助と別れた市郎太はそのまま熊野屋に足を向けたが、途中で新助と定吉を見つけて声をかけた。中之橋のそばにある蔵と蔵の間の細道を入った先だった。

「なにやってんだ？」

「見りゃわかるだろう」

新助が生意気顔を向けてくる。定吉とふたりで、釣り竿を堀川に垂らしていた。

「釣れるか？」

ふたりは同時に首を振る。

「鯔(ぼら)や鯊(はぜ)が釣れるらしいんだけど……」

定吉は一心に水面を見ている。

この辺は汽水域なので、鯔や鱸(すずき)、海老などが釣れるが、釣り好きには不人気だった。

「釣れたらどうするんだ？」

「晩飯のおかずだよ」

新助が答える。市郎太はしばらく様子を見てから、

「おまえたち世の中で好きなもんは何だ？」

新助と定吉が同時に振り返った。

「おいらは、たっぷり餡子(あんこ)の入った饅頭(まんじゅう)」

定吉がいう。

「おいらも饅頭は好きだけど、それより羊羹が食いたい。百さん買ってくれるのかい？」

新助は両目をきらきらさせる。

「ああそのうちな。それで大嫌いなもんはなんだ？」

ふたりは同時に「大嫌いなもの……」とつぶやいて考えた。

「おいらは油虫（ゴキブリ）が大嫌い。あんなもん何でいるんだろう」

そういう定吉を見て、市郎太はなるほどと思った。油虫が出るたびに悲鳴をあげているのを知っているからだ。

「おいらは鼠だね。気色悪いよ」

新助はそう答えた。

「そうか、鼠と油虫か……だけど、饅頭と羊羹は大好きなんだな」

「あたぼうよう、いくら食ったたって飽きないからね」

新助は無邪気にいって嬉しそうに笑い、百さん買っておくれよとねだる。

「そのうちな。そうだ、おまえらおれの行李をのぞきたいんだろう。いつでものぞいていいぜ。あれにはめずらしいもんが入っているだけだ」

口の端に笑みを浮かべていう市郎太を、新助と定吉は不思議そうな顔で眺めた。

「見たくなきゃ、またしっかり紐でくくっておかなきゃならねえ。それじゃまたな」

市郎太はそのままふたりに背を向けた。


「新助、あの行李を見てもいいって百さんいったよ」

定吉は地黒の上にさらに日に焼けて黒くなっている新助を見た。

「めずらしいもんが入ってるっていったな」

「魚は釣れないから飽きたよ。あとで、あの行李を見に行こうか」

新助はぱっちりした大きな目を輝かせた。

「一度見たいからな。よし定吉、釣りなんてやめちまおう」

ふたりは早速片づけにかかった。しかし、定吉が竿をあげると、そこに鯊がかかっていたので、ふたりは大慌ての大はしゃぎをして喜んだ。

釣れたのはたった一匹だったが、それでも定吉と新助は嬉しかった。

「新助、これはおまえが持って帰りなよ。おいらはいらないから」

どちらかというと気のやさしい定吉は、そんなことをいう。

新助は遠慮しない子供だから、

「それじゃおっかさんに届けてくらあ。一匹だけだけど、おとっつぁんはきっと酒の肴(さかな)にするといって喜ぶはずだ」

と、顔をほころばせる。

「おいら店の表で待ってるよ」

定吉は新助と別れると、そのまま店に戻った。表に出してある床几に腰かけて、足をぶらぶらさせて新助を待った。

西にまわり込んでいる日が雲に遮られ、あたりが翳(かげ)った。

その空から鳶の声が降ってくる。

「お坊ちゃん、釣りに行ってたんでしょ。釣れましたか？」

米を配達に行っていたらしい小僧の太助が近づいてきた。

「大漁だよ。みんな新助にあげちゃったけど」

「へえ、そりゃすごい」

太助は団栗眼（どんぐりまなこ）を大きくして感心顔をした。

「今度は太助さんにも釣ってきてあげるよ。あ、そうそう、百さんがいると思うけど何してるか見てきてくれない」

「へえ、ちょいとお待ちを」

太助はそのまま店に入って、すぐに戻ってきた。

「百さんは、奥の間で昼寝してます」

「そう、ありがとう」

定吉は早く新助が来ないかなと思った。

行李を見るならいまが好機である。それに今日は盗み見ではない。百さんが見てもいいといったのだ。怒られることはない。

ほどなくして新助がやってきた。定吉は床几から立ちあがると、

「百さんは昼寝中だ。いまなら行李を見られるよ」

といった。

「そうか、それじゃ見に行こう」

ふたりは店に入ると、すぐに階段を上がった。途中で帳場のほうを見たが、誰も

ふたりを気に留める者はいなかった。足音を殺して二階に上がると、市郎太が寝起きしている部屋に入った。

行李はいつもの場所にあった。それに紐をかけてなかった。

定吉と新助は行李に取りつくと、顔を見合わせて蓋を開けにかかった。

「何が入ってんだろう？」

定吉はなんだかドキドキしてきた。

「百さんはめずらしいもんが入ってるといってたな」

「新助、いっせえのせえで開けよう」

ふたりは小さな声を合わせて、蓋をすうっと開けた。

ちゅ、ちゅちゅっ、ちゅうー！

「うわあー！」

ふたりは悲鳴をあげて、大きく後ろに下がって尻餅をつくと、我先にと階段を駆け下りた。行李から二匹の鼠が飛びだしてきたからだった。

ひゃあーひゃあーと悲鳴をあげて、定吉と新助がバタバタと階段を駆け下りていく足音がした。帳場裏の座敷に寝転がっていた市郎太は、目を開けて、くすくすと笑いを漏らし、そして腹を抱えて笑った。

お滝が目くじらを立てて怒鳴っている姿が瞼の裏に浮かぶ。そのとおりに、お滝の甲高い声がひびいていた。

「まったく、やんちゃもいい加減におしッ！」

お滝は店の表までふたりの子供を追いかけていったらしく、ぷんぷん怒った声が店のなかに戻ってきた。

市郎太はやっと笑いがおさまったが、またぷっと噴きだした。

これで定吉と新助が行李を開けることはないだろうが、念のために知られたくない代物は、すでに天井裏に隠していた。

「お坊ちゃんたちどうしたんです。裸足でどっかにすっ飛んでいきましたよ」

新しい声は金助だった。お滝が短くぼやくと、

「子供は少しやんちゃのほうが元気があってようござんす。ところで百さんはいますか？」

と、金助が応じて訊ねた。

「いるよ、こっちだ」

　市郎太は帳場に声をかけた。

六

　座敷に入ってきた金助が前に座ると、市郎太は早速訊ねた。

「わかったか」

「へえ、木挽町に町屋敷がありまして、そこから中谷様はお屋敷のほうに通われているそうです」

「木挽町のどの辺だ」

　金助は大まかなことを話した。市郎太にはすぐぴんと来た。木挽町五丁目にある武家地だ。町屋から二軒目がそうだというから、迷うことなく行ける。

「それで、中谷様がどうかなさったんですか？」

　金助は興味津々の顔を向けてくる。

　市郎太は、このまま金助を仲間にしたらどうなるだろうかと、短く思案した。しかし、金助はおしゃべりだ。木挽町のほうまで仕事で行くことはないだろうが、この先のことを考えると少々不安がある。

それに金助は熊野屋の専属ではないにしても、界隈の店に出入りしている。やはり、仲間にすることはできない。

「知りあいの知りあいなんだ。それで気になってな。ただそれだけのことだ。手間を取らせた」

市郎太は懐から財布を出して、小粒二枚をわたした。

「ほんの心付けだ。取っておきな」

「ありがとうございます。でも、知りあいの知りあいって、ずいぶんえらい人じゃありませんか」

「おれにとっちゃ雲の上の人だから、関わりになる人じゃないってのはわかっている。悪かったな。また何かあったら頼むよ」

「へえ、百さんの頼みでしたら何なりとおっしゃってください。それじゃ、わたしはこれで……」

心付けをもらった金助は、嬉しそうに顔をほころばせて出て行った。

ひとりになった市郎太は、さてどうするかと腕を組んで考えた。だが、もう腹は決まってきた。

瓦屋根越しにすべり落ちていた日の光が消え、暗くなった。

熊野屋も店仕舞いをして、市郎太はお滝の作った夕餉(ゆうげ)を茶の間で食べた。定吉が鼠を行李に入れていた市郎太をなじれば、お滝がなぜそんなことをしたのだと聞く。

「人のものを勝手に触ったり、のぞいちゃだめだってことを教えてやったまでよ」

市郎太はしれっとした顔でいう。

「その鼠はどうなったんです？」

太助が少し舌足らずの口調で聞く。住み込みの小僧だから、食事のときはいっしょである。太助は市郎太と同じ二階に住んでいるが、ふたりの部屋の間には階段と物置があった。

「どっかへ行ったんだろうが、まだその辺にいるかもしれねえな」

市郎太が答えると、

「ひッ、百さんおどかさないでおくれよ」

と、定吉が顔をこわばらせた。

それを見たお滝がくすくす笑えば、太助も小さく笑いだした。釣られて市郎太も笑えば、なぜか定吉まで恥ずかしそうに笑いだした。

夕食をすませると、市郎太は自分の部屋に引き取って、夜が更けるのを待った。

四つ（午後十時）の鐘が鳴ると、熊野屋は静かになる。遅くまで起きているお滝も、この時刻になると自分の寝間に入るのを市郎太は知っている。

それから半刻（約一時間）ほど過ぎてから市郎太は夜具を払って起きた。天井裏に隠している忍びの衣装を取りだし、風呂敷に包む。

刀をどうしようか考えたが、鼠小僧次郎吉は人を殺めたことがない。その点だけは市郎太も感心している。

刀は持たないことにした。しかし、いざという場合に備え、短刀だけは懐に忍ばせる。あとは撒き菱と手裏剣、そして鉤縄。

鉤縄は細引きの二倍ほどの太さで、二丈（約六メートル）の長さがある。それらを入れた風呂敷を背負うと、そっと窓を開け屋根に出た。

周囲に注意の目を向け、誰もいないことをたしかめると、通りにトンと飛び下りた。そのまま夜道を歩く。月あかりがあるので夜目は利く。

遠くの町屋で犬が遠吠えをしていた。風が少し強くなっていて、ときどき埃が舞いあがり、建付の悪い商家の戸がカタコトと鳴っていた。

料理屋も居酒屋もこの時刻には閉まっている。通り沿いに建つ商家のあかりもすっかり消えている。

市郎太は自分の気配を消し、足音も立てずに歩く。自身番と木戸番小屋は避けて通るが、人に会うことはなかった。

木挽町五丁目まで来ると、まずは中谷角右衛門の町屋敷を確認した。八百坪ほどの立派な屋敷だ。屋敷には瓦屋根をのせた土塀をめぐらせてあった。

それから着替えをする場所を探す。屋敷から少し行ったところに小さな稲荷社があった。その裏に行って、黒装束に着替える。

再び中谷角右衛門の屋敷前に戻った。表と裏に門があり、塀の高さは一間半（約二・七メートル）ほどだ。

市郎太は鉤縄を塀の向こうに投げ入れ、引っかかったのをたしかめると、土塀の壁にトンと足をつき、そのまま塀の屋根に着地した。

体を伏せて、屋敷内の様子を窺う。玄関前は広い庭である。築山が施され、蹲（つくばい）があった。灯籠に火が点されているが、もう消えかかっている。コンという音にビクッとしたが、それは鹿威しだった。どこから屋敷のなかに侵入するか考える。

床下か屋根か……。じっくり観察する。

鼠小僧次郎吉の盗みには大義名分はなかった。貧乏人や弱い者を助けるためだと口でいっていたが、それはいい加減な嘘だった。

（だが、おれはちがう）

市郎太は胸中でつぶやく。

（人のため世のための盗めである）

と、つぶやき足す。

根拠のない、いい加減な理屈ではなく、それが市郎太の大義だった。

しかし、図面もなければ屋敷の造りもわからない。とにかく家老の中谷角右衛門の部屋を見つけなければならない。

（しまった）

市郎太はいまになって自分の失策に気づいた。まだ若いせいである。中谷角右衛門の顔を知らないのだ。

屋敷に入る前に顔を見ておくべきだったと思っても、もはやあとの祭り、このまま引き返すのは癪にさわる。

市郎太は庭木を利用して屋根に上った。それからあかり取りの窓をこじ開け、天井裏に忍び入る。物音を立てないようにして慎重に進みながら、ときどき節穴から下の部屋の様子を見る。

家人部屋、小者部屋、誰もいない座敷、台所、そしていくつかの空き部屋。天井裏を這い進み、横木をまたいだり、くぐったりした。

（ここか……）

節穴に目をつけて、部屋の様子を探る。

夜具に寝ている男がいる。枕許に常夜灯がつけられているが、男は布団を被っているので顔がわからない。

内心で舌打ちをして、他の部屋にまわった。人が寝ているのはわかるが、真っ暗でなにも見えない。そうやっていくつかの部屋をまわったとき、廊下に足音がして、扉の開けられる音がした。

市郎太は凍ったように体の動きを止め、息もせず耳をすました。物音は誰かが厠（かわや）に行ったのだとわかった。ホッと胸をなで下ろし、這い進んだとき、帯に差していた短刀が横木に引っかかり、そのまま抜けて落ちた。

カラン——。

心の臓が縮みあがった。

だが、気づかれた様子はない。落とした短刀を拾うために手探りすると、また物音を立てることになった。そのあたりが傾斜していて、短刀が滑って柱にあたって音を立てた。慌てて取ろうとしたら、ゴンと頭をぶつけた。

「誰だ！」

突然、下から声がした。

市郎太は短刀を拾ったまま息を殺したが、

「誰かいるぞ！　曲者（くせもの）だ！　出あえ、出あえ！」

その声で屋敷内が騒然となった。

こうなったら逃げるしかない。音を立てるのもかまわず、天井裏を急いで這った。

何度か柱に頭をぶつけ、横木に前進を阻まれた。

（どっちだ）

まわりを見ると、右のほうに星あかりの入る小窓があった。そっちに急ぎ這い進み、屋根の上に出た。そのときには庭に屋敷の家来たちが十数人出ていた。

「いたぞ、あそこだ！」

ひとりの男が市郎太に気づいた。

七

市郎太は自分が侵入した塀に向かって駆けた。

だが、屋敷の侍たちの動きは早かった。自分が向かうほうから屋根に上ってきた者が、ふたりあらわれたのだ。どうやら梯子(はしご)をかけたらしい。

市郎太に斬りあうつもりはない。今度は棟を乗り越え屋根の反対に移った。その間にもふたりの侍が近づいてくる。屋根の下には刀や槍を持った侍たちがいる。

「捕まえるのだ！」

「逃がすな！」

下で待ち構える侍たちが口々に喚いている。

市郎太は焦った。斬りあうにも短刀はあるが刀はない。とにかく逃げるしかない。

「やい曲者。もう逃げられはせぬぞ」

屋根に上ってきた侍のひとりが刀を振りかざして脅した。

市郎太はトトトトッと身軽に棟を走って逃げた。そこへもうひとりの侍が立ち塞がった。

むんと口を引き結んだ市郎太は、宙に舞ってその侍の頭上を越えると、トンと屋根瓦に足をつき、また宙に舞うと、榎の枝に飛び移った。そのまままくるっと回転して枝の上に立ち、さらに屋敷塀に飛び移り、宙返りをして表通りに出た。

屋敷内で「表に逃げた」「追うんだ」という声が交錯している。

市郎太は闇のなかを駆けた。自分がどこへ逃げているのかわからなかったが、しばらく行ったところで、采女ヶ原（うねめがはら）馬場のそばだと知った。

馬場のなかに忍び込み、しばらく息を殺してじっとしていた。小半刻ほどそこを動かなかったが、騒ぎの声は聞こえなかった。

馬場の外に出ると、闇に自分の身を溶け込ませて、着替えを置いている稲荷社に行き、急ぎ着替えをして夜道を戻った。

難を逃れてホッとしたが、心の臓はまだドキドキと脈打っていた。

（とんだしくじりを……）

歩きながら何度も自分をなじった。

鼠小僧次郎吉に、屋敷に忍び入る際の心得めいたことを教わっていたが、その次郎吉への失望が大きかったので、すっかり忘れていた。今夜の失敗は、次郎吉の教えを軽視できないと痛感することになった。

（だからといって、あきらめはしねえさ）

市郎太は自分にいい聞かせながら歩きつづけた。

背後に気配を感じたのは、楓川（かえでがわ）沿いの河岸道の途中だった。神経を後ろに集中すると、やはり人の気配がある。それも足音を消してついてくる。

（尾けているのか……）

だとしたら、どこから尾けてきたのだ。だが、ただの思い過ごしかもしれない。

ためしに足を速めた。すると、尾行者もぴったり距離を保ってついてくる。

市郎太は新場橋の手前で、ぴたっと足を止めるなり、くるっと振り返った。

と、何かが飛んできた。とっさにかわすと、黒い影がすばやく間を詰めてきた。

ハッとなったときには、片腕を取られ投げられていた。

だが、市郎太は身をひねりながら両足で着地するなり、懐に呑んでいた短刀をさっと取りだして構えた。

「ふん、そこまでだよ」

黒い影が小馬鹿にしたようにいって、自分が投げた巾着を拾いあげた。

市郎太が目を凝らすと、相手は女である。

「なんだ、おまえ」

「おもしろいものを見せてもらったよ」

「なに……」

市郎太は眉宇をひそめた。

「あんたがさっき屋敷に忍び込んだのを見ていたのさ。久しぶりにおもしろかった。芝居よりずっと……」

「おまえ、なにもんだ？」

「あんたこそ、なにもんだい？　ただの盗人にしちゃ頓馬だ。だけど、何か盗んだのかい？」

「………」

市郎太は女をにらむように凝視した。

女はか弱い月あかりを受けていた。よく見れば目鼻立ちの整った細面だ。紺無地の単衣に、紺の紗（しゃ）の帯。その辺の町の女だ。だが、尾行や立ち回り方は普通ではない。年は二十二、三か……。

「ま、いいさ。ちょいとついておいで」

女はそのまま市郎太の脇をすり抜けるようにして歩いていく。

「何してんだい、ついておいでといってるでしょ」

女は立ったままでいる市郎太を振り返って、小さく顎をしゃくった。

第四章　おかめ

一

　女が連れて行ったのは、本材木町二丁目の先を左に曲がった佐内町だった。

　市郎太は、なぜこの女についてきたのだろうかと、自分のことを訝しんだ。しかし、女にはなんとなく逆らえない雰囲気があり、あやしげな魅力を湛えていた。

　女は一軒の家の戸を開けると、なかに入れとまた小さく顎をしゃくった。いわれるまま市郎太は戸口を入った。

　屋内は暗かったが、そこは店の体裁だった。暖簾も看板もなかったので気づかなかったが、小さな居酒屋だ。

「ここは……」

市郎太は戸口を閉め、あかりをつけた女を見た。

「わたしの店よ。好きなところに座って」

「なんでおれを……」

市郎太は立ったまま女に聞いた。

「おもしろそうだからよ。それにあんた、只者じゃないわね。なにか飲む？　酒でもいいけど、茶がいいならすぐ湯を沸かすわ」

「それじゃ水でいい」

「遠慮しなくていいのに。図々しく人の屋敷に入ったくせに、ずいぶん控えめじゃない」

女はそんなことをいって板場に入った。

市郎太は店のなかを眺めた。片側に四畳半ほどの板張りの入れ込みがあるだけだ。土間奥に勝手口があり、そのそばに二階にあがる梯子がかけてある。

「どうぞ。立ってないで座って」

水を持って戻って来た女は、そういって上がり框に腰をおろした。市郎太は少し離れて座ると、受け取った水をぐびりと飲んだが、とたんに、ぷっと吹いた。

「なんだ酒じゃねえか」

「飲めないの？　ひょっとして下戸？」

市郎太は短くにらみ返すと、やけになってひと息で酒をあおった。

「それで何を盗んだんだい？　その風呂敷にでも入っているの？」

「何も盗んじゃいねえさ」

女は目をまるくした。ちょっと愛くるしい顔になる。

「それじゃ何のために入ったのさ」

「わけがあるんだ。おまえにはいえないことだ」

「ふーん、そう。ま、いいわ。で、あんた名前は？」

「人に聞く前にてめえの名を教えろ。それが筋だろう」

「えらそうにいうんだね。藤よ。で、あんたは？」

「百地市郎太」

名前を聞いたお藤は、長い睫毛を三度またたかせた。薄化粧で紅もうすく差しているだけだ。肌のきめが細かくてきれいだ。

「なぜ、ここに連れて来たんだ」

「あの屋敷に入ったわけを聞くためよ。教えてくれなきゃ、明日わたしは御番所に駆け込むわよ。それともここでわたしの口を封じる？　やるんだったらやってもいいわ。でもわたしはただでは死なないから」

お藤は余裕の顔でいって、ふんわり微笑んだ。

（おれはこの女に呑まれている）

市郎太はそう感じていた。一度大きなため息をつくと、

「あそこは中谷角右衛門という高崎藩の家老が住んでいる町屋敷だ。おれはその家老の鼻を明かそうと考えている」

と、いった。

「どうしてそんなことを……」

「いろいろあるんだ」

「いろいろね。人それぞれだからね。それであんたどこに住んでんの？」

「伊勢町だ。居候だが……」

「その前は？」

「何でそんなこと聞くんだ？」

「いいから答えなさいな」

「その前は神明町。その前は鮫ヶ橋だ。その前はない」

「鮫ヶ橋ね。で、親は？」

「死んで、いないよ」

「父親はひょっとして公儀役人だったんじゃないの」

「…………」

「それも伊賀衆だった」

市郎太は驚いた。

「なぜ、そんなことがわかる？」

「鮫ヶ橋に住んでいて、あんたの名は百地。滅多にある名前じゃないもの。それにあんたの身の軽さ。忍び装束」

お藤は風呂敷包みに顔を向けた。

「まさか、おまえ……」

「そうよ。わたしも伊賀衆の血を引く女よ。親はとうの昔に死んでしまったけど、父親は山田(やまだ)孫太夫(まごだゆう)といって添番だったわ」

添番というのは、正しくは役高百俵の添番御庭番のことだ。市郎太の父・市十郎はその下の添番並御庭番だった。いずれも御目見以下である。

「それじゃおれの父親と同じところに詰めていたかもしれねえ。もっとも、無役になっちまったが……」

「やっぱりそうだったのね。ねえ、なぜあの屋敷に住む家老の鼻を明かそうと考えたの？」

「…………」

　市郎太はどうしようか迷ったが、結局は黙っていた。

「いいわ、話したくないなら話さなくても。でも、道理のとおる悪いことじゃなけりゃ、力になれるかもしれない。今夜のことは黙っておくから、気が向いたらそのときこの店に来てちょうだい」

　お藤はまじまじと市郎太を見つめながら、白い歯を見せて小さく微笑んだ。

二

翌朝、熊野屋を出た市郎太は、中谷角右衛門の屋敷近くにある茶屋に控えた。葦簀（よしず）の陰に座り、中谷の屋敷表門に目を注ぐ。

時刻は五つ（午前八時）。まだ中谷の出かける時間ではないだろうが、念のために早く来たのだ。

すでに江戸の町は朝日に包まれている。通りを行き交う人も多くなっていた。

商家は大戸を開け、それぞれの店の奉公人たちが、開店の支度にかかったり、早くも商売をはじめたりしている。

このあたりには大名家の屋敷もあるので、家臣を従え登城する大名の姿もある。

市郎太は茶を飲んで空をあおぐ。高く晴れわたった秋の空が広がっていた。どこからともなく金木犀（きんもくせい）の香りが風に運ばれてきた。

中谷の屋敷の表門が開いたのは、市郎太がその茶屋に腰を据えて半刻ほどたったころだった。

ふたりの家来が表にあらわれ、そのあとで華奢な初老の男が出てきた。肩衣半袴という身なりだが、その尊大な態度から中谷角右衛門のはずだ。

八人の家臣と挟箱持ち、槍持ち、草履取りなどが中谷に従っている。

市郎太は葦簀の陰から中谷を凝視した。華奢な体つきだが、神経質そうな面構えだ。目は細く、うすい唇をむんと引き結んでいる。髷は銀色に近い灰白色。

(こいつが中谷角右衛門か……)

一行が近づいてきて、そして目の前を通り過ぎた。

昨夜屋敷内で騒ぎのあったことなど、その様子からは窺われなかったが、おそらく上屋敷に行って話題になるだろう。

中谷角右衛門の顔をたしかめた市郎太は、つぎの仕事にかかった。鼠小僧次郎吉は忍び込む屋敷の絵図面を持っていたり、その屋敷の造りを詳しく聞きだしていた。

そのやり方を真似しなければならない。それは武家屋敷に出入りする人間を捜すことだった。庭師もいれば畳屋や襖障子屋もいる。一番いいのは普請にあたった大工や左官であるが、そうやすやすと捜せるものではない。

だが、屋敷には必ずといっていいほど、金助のような御用聞きが通うのが常だ。御用聞きなら出入りの業者をある程度知っている。御用聞きがいなければ、屋敷奉公している女中か下男から聞きだすこともできる。

茶屋を出た市郎太は屋敷の裏門を見張れる場所に移動した。裏門は町屋の裏通りにもあたるので、見張場を決めるのに苦労はしなかった。

そのころ、高崎藩上屋敷――。

書院にて、高崎藩大河内松平家七代目藩主・照承に、いつものように挨拶を終えた中谷角右衛門は、家老部屋に入った。近侍の若党が部屋の外にふたり控え、中谷は文机の前に腰をおろし、脇息にもたれた。

暑くもないのに腰の扇子を抜いてあおぐでもなく、どこか遠い目をする。

「ご家老、お邪魔いたします」

廊下に跪いたのは、尼子作右衛門という目付頭だった。

「何用だ？」

「昨夜、屋敷に賊が入ったと聞きまして驚いた次第でございます」

「うむ。よいから入れ」

尼子は膝行して入ってきた。もうすぐ四十に届こうという男で、奉行職をほしがっていた。

「取り逃がしたが、おおかた金を漁りに来た盗人であろう。江戸にはそんな輩がほうぼうに出没しておる。たまたまわしの屋敷に忍び込んだのだろう」

「お怪我はありませんで……」

尼子は心配顔で気遣ってくれる。

「怪我はない。見てのとおりじゃ」

「それはようございました。先だっては下屋敷で面倒があったばかりです。ご用心いただきませんと、何が起こるかわからないのが江戸のようです。江戸の大名屋敷を荒らしていた鼠小僧と呼ばれる盗人が始末されたのはようございますが、その真似をする賊があらわれないともかぎりませんから」

「大袈裟なことをいう」

中谷は口の端に苦笑を浮かべ、尼子の利発そうな双眸を見据え、言葉をついだ。

「それで件のことだが……」

「はは、お気遣いただいております」

尼子はまわりを気にするように顔を動かして、声をひそめてつづける。

「ご家老の意に添うようにはからっております。しかしながらここは江戸、国許のように容易く算段はできません」

「だが算段できているのであろう」

中谷は身を乗りだして、口を扇子で押さえて声を低めた。

「はは、何とか二百両は都合できそうでございます」

「二百……それではちと物足りぬな」

中谷が渋い顔をすると、尼子はすぐに言葉を返した。

「ご心配には及びませぬ。年が明けて国許に帰れば、さらに二百両は調達できます」

「たしかであろうな」

「布石はすでに打ってありますゆえ」

「さようか。だが、和田殿と深井殿には知られてはならぬぞ」

高崎藩にあって世襲的に家老職についているのが、和田家と深井家だった。その両家は中谷と反目することが多く、目の上のたんこぶだった。いまのところ、藩主側近の座にある中谷が抑え込んでいるが、いつ意見をしてくるかわからなかった。

「ご心配無用です。うまくやっていますゆえ。それで奉行職のほうは……」

尼子はそれがほしいのだ。

「根回しはしてある。年が明ければ、郡奉行として殿からお名指しがあるはずだ」

中谷はニヤリと笑った。藩主の右京亮輝承はまだ十六歳と若い。いまは中谷の意のままだった。

「それを聞いて安心いたしました」

「慌てることはない。もう少し腰を据えて待つのだ」

「承知いたしております」

「それにしても江戸は退屈であるな。暇をつぶすのに往生する」

「では、今夜あたり一献いかがでしょう。うまい料理屋があるのです」

「さようか」

中谷は目を輝かせた。

物事はうまくいくときもあれば、そうでないときもある。

三

だが、今回にかぎって市郎太の調べはうまくいった。約半日をかけて中谷の住む町屋敷を見張っていると、出入りの御用聞きにうまく近づくことができ、その男から畳屋を紹介してもらったのだ。

高崎藩御用達の畳屋は別にあるが、その畳屋の下請け仕事をしているのが、職人ふたりを抱える八兵衛(はちべえ)という畳屋だった。

八兵衛は話し好きな男で、市郎太に答えを誘導されていることにも気づかず、ぺらぺらと中谷が住まう江戸屋敷のことを話してくれた。

「いい仕事をしているな。それじゃ、他の屋敷からも声がかかるだろう」

市郎太は八兵衛が仕事場にしている部屋の縁に座り、さりげなくいう。

「そうなりゃいいんですが、思うようにうまくいかねえのが浮き世でございます」

八兵衛は仕事の手を休めて、首にかけている手ぬぐいで額の汗を押さえた。部屋の奥ではふたりの職人が、一心に畳の張り替えにいそしんでいた。

「仕事を増やすためには、人づてに評判を広げるのが一番だ。ひと役買ってやろうじゃねえか」

「ほんとうでございますか。それは助かります」

「今日の明日ってわけにゃいくまいが、知っている大きな屋敷がいくつかある。口を利いといてやるよ」

「お願いします」

八兵衛はぺこぺこ頭を下げた。

これで市郎太の下調べはほぼ終わった。中谷角右衛門の顔も、屋敷の造りもわかったので、あとはもう一度忍び込むだけである。

しかし、中谷は用心しているはずだ。賊が再び入らないように、家来を見張りにもつけているだろう。

迂闊に侵入すれば、失敗するだけでなく、自分の人生を棒に振ることになるかもしれない。何しろ今後につながる初めての〝鼠盗め〟である。

ことは慎重に進めるべきだと、市郎太は自分を戒めた。

それから二日後の夕刻だった。

市郎太は佐内町のお藤の店の近くまで来て、二の足を踏んだ。気になっている女であるし、先日の夜に会って話したことが脳裏にこびりついて離れない。

お藤はこういったのだ。

——道理のとおる悪いことじゃなけりゃ、力になれるかもしれない。今夜のことは黙っておくから、気が向いたらそのときこの店に来てちょうだい。

市郎太は店の近くで躊躇(ためら)っていたが、ええいままよとばかりに足を進めた。町屋に宵闇が漂っていて、お藤の店には掛行灯と暖簾が掛けられていた。

店の名は「おかめ」となっていた。

「おかめ、へんちくりんな名前つけてやがるな」

そのまま暖簾をくぐると、板場にいたお藤が「いらっしゃいませ」といって、

「あら、あんた。やっぱり来てくれたのね」

と、前垂れで手を拭きながら板場から出てきた。

「今日は客だ」

「そりゃどうも。どうぞお好きなところへ」

お藤は板敷の入れ込みへうながしてから、注文を聞いた。

「酒をもらおう。それから気の利いた肴をいただこうか」

「わかったわ。いっておくけど、料理に文句はいわないでね」

お藤はふんわり微笑んで板場に下がった。そして声をかけてくる。

「わたしもあんたに話をしたいと思っていたところなのよ」

「そうかい。おれも聞きてェことがあるんだ」

「少し待ってて。いますぐお酒を出すから」

手持ち無沙汰な市郎太は、煙草盆を引き寄せて、煙管に火をつけた。紫煙を吐きながらあらためて店のなかを眺める。

殺風景であるが、柱と壁の数ヵ所に一輪挿しが飾られている。芙蓉、菊、すすき、山茶花。品書きはどこにも見あたらない。

「お待たせ」

お藤は酒を先に持ってきてすぐに下がり、今度は鰯の煮付けを運んできた。

「お酌しようか」

市郎太は照れ臭いから手酌した。

「可愛げのない男だね。いくつ？」

「二十二だ」

「あら、わたしより年下なのね。それも三つも」

市郎太は酒に口をつけてお藤を見た。今日も薄化粧に薄紅を差しているだけだが、目鼻立ちがいいので、それで十分だった。

「年なんか関係ねえさ。それより聞きたいことがある。なぜ、この前の晩あんなところにいたんだ。夜更けに女のひとり歩きだ。しかも提灯も持たずに」

「あの近所に知りあいがいるのよ。ちょいと話し込んで遅くなっただけ」

「男か」

市郎太は酒に口をつけて上目遣いにお藤を見る。

「そうじゃないわ。父親が博打で金をすって夜逃げをし、床に臥している母親の面倒を見ている娘がいるの。放っておくと身を売りそうだったから、話に行ったのよ。感心な娘でね。母親思いのいい子なのに、食べていく手立てがなくて困っているの」

「いくつだ？」

「十五よ。何とかしてやりたいけど、この店もパッとしないから、満足なことはしてやれないけど……」

　お藤は淋しげな顔でいう。口は悪いが気立てのよい女のようだ。

「そうか。それで話があるといったな」

「そう、あんたのいっていた中谷角右衛門という大河内松平家の家老よ。とんでもない曲者じゃない」

「どうしてそんなことを……」

「気になったからちょいと調べたのよ。大河内松平家の家老は、おおむね和田・深井・岩上家が務めているんだけど、中谷という家老はその三人を押しのけ、若い殿様の側近に収まり、好き放題をやっているらしいわ。殿様はまだ十代の若さだから、中谷は都合いいように接し扱っている。それに手練手管を使って、藩政を牛耳っているばかりでなく、出世を願う家臣から賄を受け取って便宜をはかっている。国許にも中谷の息のかかった家来がいて、領内の村から年貢だけでなく無茶な運上と冥加を課して、百姓や町人を苦しめているって話を聞いたのよ。聞いていて向かっ腹が立ったわよ。弱い貧乏人をいじめて、自分だけ甘い汁を吸ってるってことじゃない」

「そんなことをどこで……」

「それは他言できない約束だからいわないけど、たしかなことよ。あんたはその中谷って家老の鼻を明かしたいといったわね」

お藤は真剣な目を向けてきた。

「鼻を明かすといいはしたが、ほんとうはそうじゃない。中谷を懲らしめようと思っているんだ。佐久間新蔵という元松平家のご家来がいてな。佐久間さんは国を思い、国を立てなおすことを進言したのだが、それがもとで改易になった。それでも自分の願いを聞き入れてもらおうと江戸にやってきたが、願いは叶わず自害された。佐久間さんを改易に追い込んだのも中谷のようなのだ。佐久間さんは国を立てなおす方策まで考えておられた。それもこれも国のためであり、汲々としている民百姓たちのためだった」

市郎太は佐久間新蔵がどんなことを考えていたかを話してやった。

「それであの屋敷に忍び込んだのね。中谷の命を取るつもりだったの」

「そうじゃねえ。中谷の持ち金を盗もうと思ってのことだ」

「お金を……。だけど、しくじった」

「いや、あの晩は下見だった。今度はしくじりはしない」

「するとまたあの屋敷に」

市郎太が力強くうなずくと、お藤が膝を詰めてきた。

「わたしもひと役買うわ。何かできることない」

「おい」

市郎太はまじまじとお藤を見つめた。

「本気か……」

「冗談でこんなこといえないわ」

お藤が真剣な目を光らせたとき、いいかい、といって入ってきた客がいた。

「いらっしゃい、どうぞ」

客に返事をしたお藤は、低声で市郎太に付け加えた。

「また、その話をしましょう」

四

「百さん、いますか？」

階下で金助の声がした。お滝が上にいるわと返事をすると、階段に足音がして、金助がやってきた。

夕餉を早々にすませた市郎太は、お藤のことを考えているところだった。

「どうした？」

「どうしたはないでしょう」

金助は市郎太の前に座って、不服そうな顔をしてつづける。

「百さん、あたしに頼んだじゃありませんか。こいつは許せねえ、人の風上にも置けねえってやつがいたら教えてくれって……」

「いたのか」

市郎太は目を輝かせた。

「いるんですよ、こいつは悪いやつですぜ。ほんと悪いやつだ。話を聞くだけで腹が立っちまって、いても立ってもいられなくなって、百さんとこにすっ飛んできたんです」

「どこの何てェやつだ？」

「許せないのは、倉橋秀之丞（くらはしひでのじょう）という寄合旗本です。この殿様はまだ若くて、年は四十。それで吉原の小紫(こむらさき)という花魁に入れあげ、二千両で身請けしたんです」

「大層な殿様じゃねえか」

「褒められた旗本じゃないんです。寄合の旗本だから仕事はない。三千二百石の家禄があるから食うに困ることはないんでしょうが、三国屋って煙草問屋をまんまと騙し取って料理屋にしちまってたんです」

寄合旗本は、無役の直参で三千石以上の家禄のある者だ。金助は興奮気味の顔で早口で話した。

「可哀相なのは庄兵衛(しょうべえ)という三国屋の旦那ですよ。父親が裸一貫で築きあげた店を、しっかり引き継いで大きくしようって矢先に、売り上げの金を店の番頭に持ち逃げされ、左前になっちまい、二進(にっち)も三進(さっち)もいかなくなり手放すことになったんです。いまは親子三人で堀江町の裏店住まいでして、庄兵衛という亭主は車力仕事、女房のお鶴(つる)さんは仲居仕事をしてんですが、それもつぶした店の借金を払わなきゃならないんで、食うや食わずの暮らしをしてんです。十になる娘がいましてね。その子も近所のどぶ浚(さら)いや掃除をして小銭を稼いでいるんです」

「悪いのは金を持ち逃げした番頭じゃねえのか」

「それがちがうんです。その番頭は倉橋秀之丞って旗本にそそのかされていたんです」

「そそのかされて店の金を持ち逃げしたのか」

「さようで……」

「どうやってそれがわかったんだ？」

「庄兵衛さんが逃げた番頭を見つけたんです。幸兵衛っていう男なんですが、それでとっちめたら何もかも白状して、倉橋って殿様にそそのかされてやったといったんです」

「幸兵衛は持ち逃げした金をどうしたんだ？　取り返せないのか？」

「それがもう幸兵衛は、この世の人間じゃないんで……」

「死んだのか？」

「おそらく殺されたんじゃないかと、庄兵衛さんはいいます。幸兵衛を捕まえてなにもかも白状させた翌朝、土左衛門で見つかったんです。京橋川に浮かんでいたそうで……。庄兵衛さんは、倉橋秀之丞の口封じだったのではないかと考えているようです。だけど、その証拠はないし、店もちゃんとした手順で手放したんで、文句もつけられなければ訴えもできないと」

「要するに金を持ち逃げされ、店を乗っ取られ、挙げ句の果ての泣き寝入りというわけか……」

「早い話そうなんですがね、庄兵衛さんの娘を見ると、涙が出るんです。おせいというんですが、裸足でどぶ浚いや掃除をして小金をもらい、親のために飯炊きもしてる。その姿を見ると、胸がきゅーっと痛くなっちまって……」

金助は目に涙を浮かべた。

市郎太は煙管で小さく肩をたたきながら考えた。

「すると、倉橋秀之丞はてめえの店を持ちたいがために、幸兵衛という番頭をうまく騙し、三国屋を手に入れ、てめえの悪事が晒されそうになると幸兵衛の口を封じたってことか。そして、三国屋の主だった庄兵衛は泣き寝入りをして貧乏暮らしをしている、そういうことなんだな」

「さようで。三国屋のあとにできた料理屋は、倉橋の殿様が身請けした花魁の我儘を聞いて出したってことです。煎じ詰めれば、そのために庄兵衛親子は貧乏暮らしをしているってことです。おまけに借金もありますからね」

「借金は店をつぶしたときの残りというわけか」

「のようです。真面目人間なんでコツコツ返しているそうで。とにかく百さん、おせいって子を見りゃ、あたしが腹を立てるのがわかりますよ」

「わかった。一度話を聞いてみよう。だからって何かできるわけじゃねえが、少しでも力になってやりてェからな」

「そうです。それがあたりまえの人間ですよ。あたしはそう思います」

金助がお騒がせしましたといって帰ると、市郎太は窓を開けて、満天の空を見あげた。

（世の中には善良な人間を泣かせ、不幸にさせたやつが、のうのうと生きているってことか……）

市郎太は許せることじゃねえなと、もう一度内心でつぶやいた。それから身支度をして熊野屋を出た。お藤に会うためである。

五

夜の闇は深くなっている。市郎太は提灯をさげ、江戸橋をわたるとそのまま楓川沿いの道を歩いた。鼻歌交じりに歩く酔った男とすれちがえば、柳の下で男と女が手をにぎりあって囁きかわしている。

河岸道には料理屋から漏れるあかりが縞目を作っていた。どこからともなく三味線の音と、すんだ小唄の声が聞こえてきた。

これからお藤に会うというのに、さっき金助から聞いた話が脳裏にこびりついている。捨て置ける話ではなかった。それもなんとかしなければならないと、市郎太は胸の奥で考えていた。

河岸道を折れて、佐内町に入ると、すぐに「おかめ」のあかりが目に入った。

腰高障子を開けて入ると、あいた器を板場に下げるお藤が、いらっしゃいませといって、少し意外そうな顔をした。

入れ込みで二人の侍が酒を飲んでいた。浅黄裏の着物を着ているので、近くの大名家の勤番侍のようだ。田舎訛りで話しては、くすくす笑っていた。

「今夜来るとは思わなかったわ」

注文もしていないのに、お藤は徳利を運んできていった。

「話をしようといったじゃねえか。そんなことといわれたら、気になってしょうがねえだろう」

「せっかちなんだね」

お藤はくすりと笑う。

「性分だからな」

「ゆっくりしていって、そっちの客が帰ったら暖簾を下ろすから……」

お藤はちらりとふたりの勤番侍を見ていった。

市郎太は煙草を喫みながら酒を口に運んだ。煙管を灰吹きに打ちつけて、灰を落としたとき、お藤が肴を運んできた。夕方と同じ鰯の煮付けだった。

「さっきは食べていかなかったでしょう」

「……そうだったな」

市郎太が応じたとき、そばで飲んでいた勤番侍が勘定だと声をかけてきた。お藤がそっちに行くと、市郎太は鰯の煮付けを口に運んだ。

とたん、顔をしかめた。味が濃すぎるのだ。

(なんだこりゃ……)

まずくて食う気にならないので、箸を置いて酒を飲む。お藤は勘定をしたふたりの勤番侍を表まで送り出すと、暖簾を下ろして戻って来た。

「すぐ片づけるから、それからつづきの話をしようか」

「ああ」

市郎太はてきぱきと片づけをするお藤をしばらく眺めていた。

襷(たすき)をかけて袖をまくりあげている腕がやけに白く見えた。しゃがんで床を拭いたとき、まるい尻がこっちに向けられた。いい形だ。裾にのぞく足首は細くて締まっていた。

「店は忙しいのかい?」

市郎太は片づけを終えたお藤が、前に腰をおろすなり聞いた。

「そうでもないわ。わたしひとりでやってるから、なんとか食べていけるってとこよ。鰯の煮付けはどう?」

「これか……正直いってうまいとはいえねえな」

「はっきりいうわね。でも、そうか、まずいのか……」

お藤は情けなさそうに眉尻を下げた。

「味が濃いんだよ」

「そうなんだ。わたしは料理がねえ、どうしてもうまくならないのよ。褒められたことがあまりないもの」

「工夫すりゃいいだろう。食い物商売やってんだから」

「味加減が下手なのね。でも、今度はおいしく作るから。それで、なんだっけ？」

「中谷角右衛門の金を盗むってことだ。おまえは手伝うといった」

「そうだったわ。で、盗んだ金はどうするの？」

「配る」

「は……」

お藤はぽかんと口を開けて目をまるくした。

「おれはてめえのために盗みをするんじゃないんだ。こういうことになったから、おまえを信用して打ちあけるが、鼠小僧次郎吉を知っているか？」

「知るも知らないも、引き廻しにあったとき、野次馬になって見たわよ。ちんちくりんの盗人のくせに、口に紅なんか差してたわ」

「おれはその鼠小僧に弟子入りしていたんだ」

「なんですって」

お藤はまた驚き顔をした。

市郎太は次郎吉とどうやって知りあい、どんな教えを受け、どんなところに盗みに入ったか、そして最後には次郎吉が捕まるように密告したことを話した。

お藤は息を止めたような顔で話を聞いていた。

「おれは次郎吉を裏切ったんだ」

市郎太は親分と呼んでいた次郎吉を呼び捨てにして、話に一区切りつけて酒を飲んだ。

「なぜ、裏切ったのよ」

「途中から信じられなくなったんだ。次郎吉は盗んだ金を貧乏人に配るという噂だった。たしかに配ったことはある。おれも手伝ったからな。だが、盗んだ金をすべて配ったんじゃない。せいぜい二、三十両だ。残りの金は飲み食いや博打、そしてお大尽気取りになって遊ぶためだった。あいつは吉原ではちょっとした顔だった。それは吉原通いをしょっちゅうやっていたからだ。鼠小僧次郎吉が貧乏人の味方だという噂も、次郎吉が仕組んだものだった。あいつはおれだけでなく、世間を欺いて盗みをはたらいていたんだ。なぜ、この屋敷に入るのかと聞くと、やつは決まって許せない大名だとか、こんな悪さをしているからといった。だが、根も葉もないやつの作り話だった」

「そうだったの。でも、あんたはその鼠小僧の真似をするってことにならない？」

「そうさ。おれはほんとうの義賊になると決めたんだ。悪いやつらを懲らしめ、正直者で割を食っている貧乏人を少しでも助けてやりたい。そうやって陰徳を積むのさ」

「陰徳……」

「人知れず善行するってことさ」

市郎太はぐびりと酒をあおった。お藤がまじまじと見つめてくる。それからそっと手をのばし、市郎太の顔をしなやかな指先でなぞった。

「あんた、思いの外できた人間だわね。それにこうやってよく見りゃ、いい男じゃない。鼻筋は通っているし、目も口の形もいい」

「やめてくれ」

市郎太は顔をそむけた。

「気に入ったわ」

お藤はそういうなり、居住まいを正した。

「は……」

「手を組ませて。本気であんたの話に乗ったわ」

六

「百さん、今日も掛け取り頼むかもしれないから早く帰ってきて」

熊野屋を出るとき、お滝にそういわれた市郎太は、はっきりしない生返事をして堀江町一丁目に足を向けた。

中之橋をわたり、和国橋の手前まで来て、昨日金助から聞いた庄兵衛という男のことを探ってみた。表通り（河岸道）の店を数軒訪ね歩くと、団扇（うちわ）問屋の手代が、

「それならこの脇を入った裏店に住んでますよ。運のない人なんでしょうかね、みんな庄兵衛さんがどうしてここに移ってきたか知っているんです。それに娘のおせいちゃんにも感心しています」

と、聞かなくても勝手にしゃべってくれた。

庄兵衛の長屋に行くと、おかみ連中の話し声や赤子の泣き声があちこちでしていた。庄兵衛の家はすぐにわかった。腰高障子に「車力　庄兵衛」と書かれているのだ。戸は閉まっていたので、少し広場になっているところで待ってみた。

道具箱を担いだ大工や天秤棒を片手で持って長屋を出て行く男たちがいる。井戸端で三人の女が洗い物をしていた。

庄兵衛の家の戸が開き、男が出てきた。そして、娘と女房が遅れてあらわれた。

「それじゃ行ってくる」

男は小さな笑みを女房と娘に投げかけ、背を向けた。女房が一礼すれば、娘は
「早く帰ってきてね」と、声をかけた。男は庄兵衛だ。

おせいという娘と、お鶴という女房が家のなかに消えると、市郎太は庄兵衛のあとを追いかけ、和国橋をわたったところで声をかけた。

「なんでございましょう」

庄兵衛は少し驚いた顔をして立ち止まった。

「手間は取らせねえ。おれは百地市郎太というが、おまえさんの話を聞いてな」

「わたしの……」

庄兵衛は目をしばたたく。四十ぐらいの男だ。煙草問屋の主だったらしく、物腰も口調もやわらかい。

「北紺屋町で三国屋という煙草問屋をやっていたらしいな」

「へえ」

「ところが幸兵衛という番頭に売り上げの金を持ち逃げされ、店が傾きどうにも行かなくなり、手放すことになった。残ったのは借金だけで、いまも返していると聞いた」

「なぜ、そんなことを……」

「おれが聞きたいのは、金を持ち逃げした幸兵衛という番頭のことだ」

庄兵衛は大きなため息をついてから、言葉をついだ。

「わたしの愚痴が広まったんですね。女房も開けッぴろげなので、長屋のおかみ連中に話していますから。でも、なぜ幸兵衛のことを？」

「聞いた話だと、幸兵衛は倉橋秀之丞という旗本にそそのかされ、三国屋の金を持ち逃げしたと聞いた。そりゃあほんとうかい？　ああ、立ち話もなんだ、そこの茶屋で話そう。手短でいいから聞かせてくれ」

市郎太は菓子屋の隣にある茶屋の床几にうながした。

「もう何もかも終わったことです。わたしがいたらなかったばかりに、こんなことになったとあきらめるしかないんです。ですから、この話はご勘弁願えませんか。それにしても、人の不幸話は広がるのが早くてまいります」

庄兵衛は梶棒(かじぼう)でできたタコだらけの手を揉みながらため息をつく。腹掛けに股引、そして半纏を羽織っているが、ずいぶん色褪せ、接ぎもあててあった。草履も擦り切れている。

「幸兵衛を捕まえたんだろう。倉橋という旗本にそそのかされたというのは、幸兵衛から聞いたのか……」

「さようです。ですが、もう……」

庄兵衛が立ちあがろうとしたので、市郎太は待ってくれと肩を押さえた。

「おれはおまえの力になろうと思う。だが、それも話次第だ」

市郎太は真剣な目を庄兵衛に向けた。

「わたしの力に……」

「おまえは立派な商人だったはずだ。裏店でくすぶっている人間じゃない。おれにはわかるんだ」

「……百地さんとおっしゃいましたね」

市郎太がうなずくと、庄兵衛は問わず語りに話をはじめた。

それは三月前のことだった。

その日、仕事を終えた庄兵衛は、疲れた体で小網町の通りを歩いていた。幸兵衛にばったり出くわしたのは、思案橋に差しかかったときだった。

なんと売り上げの金を持ち逃げした幸兵衛が橋をわたってきたのだ。庄兵衛は立ち止まってにらんだが、幸兵衛は気づかずに行きすぎようとした。

それでさっと腕をつかんで、

「幸兵衛、わたしだ」

と、いうと、幸兵衛はおおいに驚き慌てた顔をした。

「よくもひどいことをしてくれたものだ。ちょいとこっちに来てくれ。話がある」

幸兵衛は逃げ腰だったが、年老いた幸兵衛は庄兵衛の若い力に抗うことはできなかった。

「なぜ、あんなことをした。わけを聞かせてくれ」

小網町の裏通りに連れて行くなり、庄兵衛は幸兵衛に迫った。

幸兵衛は黙っていた。

「悪いことをしたと思っているんだろう。おまえはわたしのおとっつぁんと、いっしょに店を大きくした番頭ではないか。あの店はおとっつぁんが裸一貫で築いた店だ。それをわたしの代になったからと、やっかみでもしたのかい。ええい、どういうわけであんなことをしてくれたんだ。おかげでわたしは支払いを滞らせ、挙げ句信用もなくした。そのせいで店を手放すことになった。残ったのは借金だけだよ。まったくひどいことをしてくれたもんだ」

「…………」

「なぜ黙っている? わたしが腹を立てるのは当然だろう。見つけたら殺してやりたいと何度思い、おまえさんを恨んだことか。わたしが嫌いだったのかい? わたしの商売が気に食わなかったのかい。いまさら謝れとはいわない。わけを聞かせてくれ。そうでなきゃ、わたしはこのまま番所におまえを引っ立てることにする」

　さっと幸兵衛は顔をあげた。櫛目の入ったきれいな髷、身なりもよかった。だが、顔色を失った幸兵衛はふるえていた。

「許してください。わたしも後悔しているんです。騙されたんです」

「騙された……誰に？」

「寄合旗本の倉橋秀之丞様という殿様です。あの店がほしいので、手を貸してくれ、うまくいったら店を持たせてやると口説かれたのです。わたしは迷いましたが、店の主になれると思うと、断り切れなくなったのです」

「なぜ、その殿様はわたしの店を……」

「殿様は小紫という吉原の花魁を身請けされています。その女のためです。料理屋をどうしてもやりたいという小紫の我が儘を聞くためでした。わたしには別に店を持たせてくれるといったのに、そのことを申しますと、もう少し待て、ちゃんと考えている、慌てることはないと再三再四いわれるだけで、とどのつまりは飼い殺しと同じになりました」

「身請けした女郎のために、わたしの店をつぶしたというのか」

「まさか、そういうことだとは知らなかったのです。旦那さん、申しわけありません」

幸兵衛はその場に土下座をすると、殴るなり蹴るなり好きなようにしてくれ、殺されてもかまいませんといった。

庄兵衛は固めた拳をぶるぶるふるわせて、幸兵衛を長い間にらんでいた。腸が煮えくり返っていたが、手は出せなかった。

「金を返してくれ。おまえが盗んだ二百五十両を返してくれ」

「申しわけありません。もうないんでございます。あの金も三国屋のあとに造った料理屋の元手になったのです」

「なんだと……」

「わたしは殿様から店を出すまで待てといわれ、月々お手当てをもらっているだけです。金はないのです」

庄兵衛は開いた口が塞がらなかった。

「その晩、わたしは浴びるほど酒を飲みました」

庄兵衛は一度口を閉じ、手ぬぐいで首筋をぬぐった。それからまた話をつづけた。

「幸兵衛は長い間帳場仕事をしていた番頭ですから、いかほどの金で店をつぶせるかよくわかっていたのです。悔やんでも悔やみきれませんでした。女房は番所に訴えよう、何もかも幸兵衛の口から聞いたのだから、そうすべきだといいました。わたしもそのつもりだったのですが、翌朝、京橋川に幸兵衛は浮かんでいました。死人に口なしです。訴えたところで、金を持ち逃げした人間が死んでいれば、何の証拠立てもできません」

「倉橋という旗本に談判しなかったのか？」

「そのことも考えましたが、白を切られるのがオチです。女房は息巻いて小紫という元花魁のやっている店に乗り込みましたが、身に覚えのないいい掛かりだと、冷たくあしらわれてもいます。幸兵衛を見つけたとき、番屋にでも引っ張っていけばよかったんですが……」

　庄兵衛は深いため息をついて、苦しそうにかぶりを振った。

「そういうことだったか」

「あの、そろそろ仕事に行かなければなりません」

　庄兵衛ははたと気づいた顔をあげて市郎太を見た。

「引き留めて悪かった」

庄兵衛は、いいえ、と頭を下げて人形町通りのほうへ歩き去った。

七

半刻後、市郎太は「おかめ」の入れ込みで、お藤と向かいあっていた。

「話って……」

「おれもお人好しにしゃべっちまったが、おまえの本心を知りたい」

「わたしの……」

お藤は長い睫毛を動かして、目をぱちくりさせる。障子越しのあわい光が、きめ細かな肌にあたっていた。

「これは遊びじゃない。下手をすればお縄になるか、命を落とすことだってある。伊賀の血を引いているというが、忍びの術を身につけているわけではないだろう」

「遊びだなんて考えてもいないわよ。それに危ない仕事だというのもわかっている。だけど、あんたの気概に胸を打たれたのよ。どうせ一度の命、何かやってやりたいじゃない。女だてらにと思うかもしれないけど、わたしは本気よ」

　市郎太はまじまじとお藤を見つめる。

「忍びの術は少しだけ心得があるだけ。でも、剣術は習ったわ。わたしの親のことは話したと思うけど、親がいなくなってからわたしは職人に嫁いだの。腕のいい大工だったけど、あやまって屋根から落ち、材木の下敷きになって死んだの。この店はその亭主が残した金で開いたのよ。職人の女房をやってるときは楽しかったけど、人間どこでどうなるかわからないというのも思い知らされたわ」

「兄弟はいないのか?」

　お藤は首を振った。

「上にひとり兄がいたけど、流行病にかかって死んだので、家督も継げない娘よ。親が死んでなければ、養子縁組もあったんでしょうけど、それもできなくなっちまってねえ。人生いろいろじゃない」

　お藤はあかるくいって笑う。市郎太はその笑顔に騙されている気がするが、もはやあとには引けない。

「わかった。それじゃおまえを仲間にする」

「いうのが遅いわよ」

「一言多いんだよ。で、屋敷に忍び込むときは、おれひとりだ」

「ひとり……わたしは何すればいいのよ」

「黙って最後までおれの話を聞けよ。口を挟むな」

お藤はむすっと口をとがらせた。

「次郎吉と何度か〝鼠盗め〟をしたことがあるが、盗みはひとりがいいんだ。やってわかったことだ。ふたりいるといざとなったとき、逃げるのが難しくなるし厄介だ。だから狙った屋敷に入るのはおれだけだ」

「ふーん〝鼠盗め〟っていうんだ」

「おれたちの仕事をそう呼ぶだけだ。それで、おまえには下調べをやってもらう。中谷角右衛門のこともあれこれ調べただろう。ありゃあどうやってわかったことだ？」

「しゃべっていいの？」

「いい」

「じつはね、昔住んでいた町の親分の手先仕事をしていたの。要領はそのときに覚えたの」

「岡っ引きの手先を……するってェと下っ引きをやっていたのか？」

「そう、楽しかったわよ。そのときに知り合った下っ引き仲間がいるの。その下っ引きを動かせば、なんでも調べられるわ。それが誰だか、いうことはできないけど」

「ま、それはわかる」

町の岡っ引きの手先になる下っ引きは、町人や職人がほとんどだ。悪党にそのことを知られると命を取られかねないので、極秘中の極秘にしている。

「それで早速やるんでしょう。鼠盗めを」

「やる。まずは中谷角右衛門の屋敷に入る」

キラッとお藤の目が光った。

「それからもう一軒増えた。こっちは愛宕下にある倉橋秀之丞という寄合旗本の屋敷だ」

「その旗本は……」

市郎太はかいつまんで、倉橋秀之丞がどうやって三国屋をつぶしたかを話した。

「なによそいつ。身請けした女のために、人を不幸にしたっていうの」

「そそのかされた幸兵衛も、結局は騙されていたんだろうが、庄兵衛に見つかった翌る日に京橋川に浮かんでいた。幸兵衛が身投げしたのか、口を封じられたのか、それはわからねえ。だが、幸兵衛が庄兵衛に会ったあとで、そのことを倉橋秀之丞に話していたとすれば、殺されたと考えてもおかしくはない」

「すると、三国屋の主だった庄兵衛さんは、泣き寝入りをした挙げ句、また泣き寝入りをしなきゃならなくなったってこと……」

「そういうことだ。それから、おまえには面倒を見ている娘がいたな。父親が博打で金をすって夜逃げをし、床に臥せっている母親の面倒を見ているといった……」

「おつたちゃんのことね」

「盗んだ金は、その子にもまわしてやろう」

「残りは……」

「金はいくつか配る人間がいる。そっちにまわす」

「あんたは取らないの？」

「手間賃として少しはもらうさ。霞食って生きてはいけねえからな。おまえにも些少だが割り前を払う」

お藤はひょいと首をすくめた。

「で、中谷角右衛門はどうするの？　金を盗むだけ？」

「そのつもりだ」

「甘いわ」

お藤は切って捨てるいい方をした。

「中谷は高崎藩を牛耳っている悪党じゃない。泣かされている民百姓が大勢いるのよ。そんなやつを生かしておいたら、領民たちはこれからも泣いて暮らすってことじゃない」

「どうしろってェんだ」

「死んでもらったほうが世の中のためじゃない。中谷が死ねば、話のわかる家老たちが息を吹き返し、藩政が正しい道に戻されるはずよ。やっちゃうのよ」

お藤は軽い口調でいうが、目は真剣だった。

「おまえのいうとおりかもしれねえ」

「で、いつやるの？」

「今夜だ」

第五章　訪問者

一

暗い空に銀色の半月が浮かんでいた。

市郎太はそっと窓を閉めると、風呂敷を抱えて階段を下りた。下りるたびに、みしッ、みしッと踏板が音を立てるが、もうみんな休んでいる。起こさないように市郎太は気を遣ったのだが、戸口の前に来たとき、ハッと後ろを振り返った。

お滝が立っていた。

「なんだ、びっくりするじゃねえか」

「びっくりするのはこっちよ。どこへ行くの？」

「ちょいと野暮用だ」

「こんな夜更けに……」

「ああ、外せない野暮用でな」

お滝は疑い深そうな顔をしていたが、

「気をつけてね。帰ってくるんでしょう」

といった。

「ああ、用がすんだら帰ってくる」

市郎太はそのまま表に出た。半月をあおぎ見て、ふっと息を吐く。

（なんで起きていたんだ……）

と、お滝のことを考えたが、すぐに表情を引き締めた。今日はお藤と初めての〝鼠盗め〟である。しくじるわけにはいかない。

市郎太は自分の身を、闇に溶け込ませるようにして夜道を歩く。夜廻りをしている木戸番の姿を見かけたが、すれちがう人はいなかった。町木戸はとうに閉まっており、江戸の町は闇に包まれているだけだ。

江戸橋をわたると、閑散とした広小路を横目に佐内町に向かう。自身番の前をなるべく避けて「おかめ」についた。

戸障子は閉まっていたが、小さく戸をたたくと、待つほどもなくすうっと戸が開き、お藤が入れ込みにうながした。

「それはなに？」

お藤は市郎太が持ってきた風呂敷包みを見て聞いた。

「忍び道具と着るものだ。使わないときはここに預けておく。いいか」

「……いいわ。それで段取りは？」

「昼間、空店を見つけておいた。中谷角右衛門の屋敷のすぐそばだ。まずそこへ行く。それから屋敷に入り、またそこへ戻る。いくら夜更けでも忍び装束じゃ歩けねえし、ばったり人と出くわしたら不審がられる」

「わたしはなにをすればいいの？」

「屋敷の前で待っていてくれ。もし、おれがドジを踏んで追われるようなことがあったら、おまえに金を投げわたす」

「わかったわ」

お藤は少し緊張しているのか、かたい顔でうなずいた。

「わたしはこんな恰好でいいの……」

市郎太は袖を広げてみせるお藤を眺めた。地味な紺絣（こんがすり）の着物だ。

「着物はそれでいいが、走ることになるかもしれねえ」

「それじゃ草鞋（わらじ）履きに脚絆にするわ。じつはわたし、両国で軽業の仕事をしていたことがあるの。身は軽いから」

そういうなり、お藤は二階にいってすぐに戻ってきた。黒い脚絆に草鞋履きだ。着物はあとで端折（はしょ）ればいいというし、襷をかけて袖もたくしあげるという。

ふたりはいっしょに店を出た。若い夫婦に見えるように、寄り添って歩く。

時刻は四つ半（午後十一時）を過ぎていた。通りを歩く者はほとんどいない。それにふたりは暗がりの多い裏道を使った。

市郎太の見つけていた空店は、木挽町三丁目にあった。脇道にある九尺三間の店で、戸口に貸店という貼り紙があった。

二人は裏の勝手口からそこに入った。空店だから文字どおりがらんとしている。

「中谷角右衛門のことはどうするの？」

黒い忍び装束に着替えにかかった市郎太に、お藤が話しかけてきた。市郎太はそのことを思案しているところだった。

「鼠小僧次郎吉は、殺しはやらなかった」

「中谷は国の民百姓をつらい目にあわせている家老よ。中谷がいなくなれば、高崎藩もいいほうに転がる。中谷に抑えつけられている能のある家老が息を吹き返せば、きっとそうなるはず」

「…………」

「苦労や貧乏には悲しさがある。悔しくて涙を流し、死にたいと思っている人も少なくないはず。そんな人たちを救うことができる。金を盗むだけで終わらせないで」

市郎太はお藤を見た。

「やるのよ。あんたがやらなきゃ、わたしがやる」

お藤はにらむように市郎太を見て、キリッと口を引き結んだ。

二

中谷角右衛門の家老屋敷——。

門そばの床几にふたりの家臣がいた。槍をそばに置いて欠伸(あくび)を嚙み殺していた。

「あんな賊が入ったばかりに、貧乏くじを引くことになっちまった」

「ご家老は用心深いからな。だけど、ぼやくこともないさ。国許に帰るまで何もなければ、ご褒美をくださるんだ」

「禄を上げてくれるとおっしゃるが、あのご家老だ。口だけだったらどうする」

「信じるしかあるまい。そのために寝ずの番を買って出たんだ」

「おぬしが余計なことをいうからだ」

「愚痴の多いやつだ。寝ずの番でも、昼間は寝ていられるんだ」

「その代わり飲みにも行けなくなった」

「夜が明けたら寝酒ができる」

「つまらぬ酒だ。女の酌もない」

「贅沢を申すな。このお役を勤めあげれば、いくらでも楽しみはある。しかし、これから寒い冬になるとしんどい仕事だな」

「先のことを考えずに、おぬしがいうからだ。割の合わぬお役ではないか」

「ご褒美がほしくないのか」

小太りの男は、隣に座る蝦蟇(がま)面の同輩を見る。

「そりゃあ褒美はほしいが、いくら禄を上げてくださるかだ。そうだ、おぬしがいい出しっぺなのだから、ご家老に聞いてくれ。もし、少ないようだったら、他の者にこの役目を代わってもらおう」

「疑い深いやつだ。だが、それもそうであるな。うむ」

「じっとしていると眠気が増す。ひとまわりするか」

ふたりは槍を持って立ちあがると、屋敷内の見廻りをはじめた。


「それじゃ、やるぞ」

市郎太はお藤に低声でいうと、そのまま地を蹴って、壁にトンと一度足をつき、つぎの瞬間にはひらりと屋敷塀の屋根に上っていた。

這うように体を伏せ、屋敷内に目を凝らす。一度入っているのでおおよその見当はつくし、屋敷の造りも調べている。中谷角右衛門の寝間がどこにあるかもわかっている。

小さく息を吐いて吸い、緊張をやわらげると、すっと屋敷内の庭に飛び下りた。松の木陰でもう一度庭に人がいないか目を凝らす。

誰もいない。そのまま小腰で足を進める。すすっと音も立てずに、床下にもぐり込んだ。そのとき、あかりが庭に射した。市郎太はドキッと心の臓を高鳴らせ、息を止めた。

誰かが裏庭からやってきたのだ。あかりは提灯だった。そして、目の前に二人の男の足が見えた。

（なんだ、見張りか……）

屋敷の者はとっくに眠っていると思い込んでいたが、そうではなかった。おそらく先日忍び入られたことを警戒してのことだろう。

市郎太は内心で舌打ちをしたが、慌てはしなかった。ふたりの見張役が過ぎ去ると、体を転がして、床下を這い進んだ。蜘蛛の巣を払いのけ、ときどき方向をたしかめる。

しばらくすると、台所横の土間に出た。聞いたとおりである。ふっと息を吐き、居間に上がり込み、畳廊下を進んだ。

書院があり、広座敷があった。市郎太は広座敷を横切り、囲炉裏の間まで来た。その奥に八畳の居間があり、さらにその奥に主の寝間があるはずだった。聞いたことがでたらめでなければそうなっているはずだ。

襖を開けて居間に入ったそのとき、女中部屋の障子の開く音がした。

市郎太は一瞬体を凍らせて耳をすました。足音が聞こえてきたが、それはすぐに聞こえなくなり、また障子の閉まる音がした。

ふっと細長い息を吐き、中谷角右衛門が寝ている部屋の襖を開けた。枕許に常夜灯がつけられていて、部屋のなかはうすぼんやりしたあかりに包まれている。

中谷角右衛門は小さな寝息を立てて寝ている。神経質そうな顔が、常夜灯のあかりに浮かんでいる。

市郎太は部屋のなかに視線を這わせた。金のありそうな場所に目をつける。床の間の横に、黒漆の箪笥（たんす）がある。他にものを隠せるような場所はなかった。

——やるのよ。

お藤のいった言葉が脳裏をよぎった。

——苦労や貧乏には悲しさがある。悔しくて涙を流し、死にたいと思っている人も少なくない……。

市郎太はその言葉を振り払おうと思ったが、またもや思いだした。

——やるのよ。あんたがやらなきゃ、わたしがやる。

キリッとしたお藤の顔が脳裏にちらつく。

（おれにはできねえ）

市郎太はかぶりを振って、簞笥に取りついた。丈夫で高直な簞笥だ。そっと下の段から引き開けていく。着物や反物が入っていたが、その下に手を入れて金がないか物色する。その上の段を引き開ける。順番に物色したが金はなかった。

小抽斗があるのでそれを開けようとしたが、開かない。絡繰り錠がかけられているのだ。だが、焦ることはない。下の段から手を入れ、小抽斗の底を小刀でくりぬいた。

金があった。油紙で包まれた切餅（二十五両）が四つ。そして手文庫があった。開けて見ると小判がざっくり入っている。

切餅を懐にしまい、手文庫を手にしたとき、リーンという音が鳴った。鈴がつけられていたのだ。しまったと思ったときは、遅かった。

中谷角右衛門が目を覚まし、カッと見開いた目が市郎太とぶつかった。

短い間――。

直後、中谷は半身を起こすなり、床の間にある太刀掛けに手をのばして刀をつかんだ。

「出あえ！　曲者だ！　出あえ！」

中谷が屋敷中にひびく声を張りあげた。

市郎太は手文庫を抱え持ったまま進退窮まった。あちこちで障子の開く音がした。

廊下を走る足音も聞こえてくる。

市郎太が逃げようとしたとき、中谷が斬りかかってきた。さっと身をひるがえしてかわしたが、

「盗人！」

中谷は喚いて斬りかかってくる。

市郎太は半身をひねってかわし、廊下に出たが、中谷は背後から襲いかかってくる。斬られてはかなわないので、半回転しながら腰に差していた脇差を抜いて、中谷の太刀を受けた。

ガツンと鈍い音がして火花が散った。

中谷が押し込んでくる。市郎太は受けた脇差で耐える。

その間にも「ご家老、ご家老」といって近づいてくる者たちがいる。

――やるのよ。あんたがやらなきゃ、わたしがやる。

お藤の声が頭の奥でした。

「はッ」

市郎太は短く息を吐くなり、脇差を一度引いて、体をひねりながら、袈裟懸けに振った。

「あわっ……」

中谷は短い声を発してよろめいた。後頭部から噴きだす血が、壁を染めた。

中谷がずるずると廊下に倒れ込んだとき、目の前に家来の男があらわれた。その横からもふたり、そして横の襖も開けられ、また別の男があらわれた。

逃げ道を塞がれた。こうなったら戦うしかなかった。斬り込んできた男の刀をすり落とすと、手文庫を小脇に抱えたまま広座敷へ逃げた。一方の障子が開き、二人の男があらわれた。

ひとりが突進してきた。市郎太は足払いをかけて倒すと、横から斬りかかってきた男の刀をかわし、脇差の柄頭を相手の脳天にたたきつけた。

そのまま逃げようとしたが、背後から斬り込んできた者がいた。腰を落として半回転すると、鳩尾（みぞおち）に柄頭をめり込ませ、すすっと背後に下がった。

そのとき槍を持った男が突きを送り込んできた。半身をひねってかわし、槍の柄を脇差でたたき落とすように切った。

相手の顔がハッとなる。そのすぐ後ろにふたりの男がいて、刀を脇構えにして間合いを詰めてくる。

市郎太は腰を落とすと、そのまま強く畳を蹴った。ひらりと宙に舞うと、天井の角に張りついた。座敷にあらわれた侍が、市郎太を見あげ、刀を振りまわしてきた。

市郎太は天井板を拳で突き破ると、猿のように天井裏に移った。そのまま表に向かって天井裏を駆ける。下から屋敷詰めの侍たちの声があちこちでする。

市郎太は屋根に這い出て、庭に飛び下りた。そのとき見張りをしていた侍が、槍で突いてきた。市郎太はとんぼを切ってかわす。相手はさらに突いてくる。

「あらわれおったか盗人！」

市郎太は突きだされる槍をかわすと、横の灯籠に飛び、そこから屋敷塀の屋根に移った。

下にお藤がいた。

「これを」

市郎太は手文庫をお藤に投げた。

「行けッ」

うまく手文庫を受け取ったお藤は、そのまま闇の奥に駆けて行った。市郎太は一度屋敷の庭を見て、表通りに飛び下りると、そのまま脇目も振らずに逃げた。

三

二日後——。

その長屋に異変が起きたのは朝だった。

飯を研ぎに行こうとしたひとりの女房が腰高障子を開けようとすると、足許に紙包みが落ちていた。なんだろうと思って拾ってみると、紙のなかに小判が入っていた。

女房は目を見開き、ハッと驚くなり、夜具からのそのそ起きだした亭主を見て、さっと帯の間にその金を入れた。紙には「鼠」という文字が書かれていた。

同じように紙包みを見つけたのは、厠に行こうとした男だった。戸を開けようとしたとき、何かを踏みつけた。紙包みである。

拾いあげて開いてみると、鼠という字といっしょに山吹色の小判があった。

「あっ……」

男は台所で水を飲んでいる女房を見ると、さっと懐に小判を入れた。

同じような紙包みを見つけたのは、その隣に住む子供だった。土間に下りた瞬間、首をかしげて、紙包みを開くと難しい字と、二分金が二枚入っていた。

「おとっつぁん、金が落ちてたよ」

子供は正直にその紙包みを父親にわたした。父親は受け取るなり、いっぺんで目の覚めた顔になった。

「なんて書いてあるんだい？」

聞かれた父親は、倅の顔を見、それから身支度をしている女房に顔を向けた。

「おい、鼠小僧が金を恵んでくれたぜ」

「朝っぱらから、なに寝ぼけたこといってんだい」

女房は取り合わなかったが、金と包み紙に書かれている字を見て、口をぽかんと開け、目を見開いた。

誰も鼠に金を投げ入れられたことを口にしなかった。

しかし、それも一時のことで、隠し事のできない正直者が鼠が金を恵んでくれたと話すと、じつはうちにも投げ入れてあったと、打ちあけられた者がいう。

そうなると、おれんところにもあった、あたしの家にもあったということになり、昼前にはその長屋で騒ぎになり、噂は静かに広がっていった。


お藤は木挽町七丁目にある裏店を訪ねていた。

床が敷かれていて、おそねという女が寝ている。青白い顔で、目はうつろだ。そのそばに娘のおつたが、ぽつねんと座っていた。

「おっかさん、お藤さんが見舞いに来てくれたわよ」

おつたは床に臥している母親のおそねに声をかける。おそねはぼんやりした目で天井を見たまま、小さくうなずいた。

「食はどうなの？」

お藤はおつたに聞いた。

「今日は粥しか食べていません。食は細くなるばかりです」

おつたは泣きそうな顔でいって、母親のおそねを眺める。

「お医者に診てもらわなきゃね」

「………」

おつたは黙っている。医者に診せたくてもその金がないのだ。

「このままだといつまでたってもよくならないわよ」

お藤がそういうと、おそねが顔を向けてきた。

「お藤さん、ご心配ばかりおかけして申しわけありません。何もかもだらしない亭主のせいなんです。そんな亭主といっしょになった、わたしがいけなかったんです。もう、あきらめていますから、かまわないでくださいまし」

「そんなこといわないで、しっかりしなきゃ。おそねさんはまだ若いのよ。それにおつたちゃんだっているのよ」

「おつたはわたしがいるから苦労をしているんです。わたしがいなきゃ……」

おそねは目尻に涙を浮かべる。

「おっかさん、わたしは苦労なんかしていません。おっかさんが早く元気になるように毎日祈っているのよ。気弱なことといわないで……」

「わたしがいなきゃ、おまえは奉公に出ることができる。わたしに気兼ねすることもないじゃないのさ」

「おっかさん、もういいから……」

おつたは母親の布団をかけなおしてやり、すみませんと、お藤に頭を下げる。

「いいの。おつたちゃん、少し元気が出るかもしれないから、これをあとで食べさせてあげて……」

お藤は持参してきた土産をわたした。日本橋で買った和菓子だ。保存の利く野菜の砂糖漬けである。いつもすみませんといって、おつたは受け取った。

「ちょっといいかしら、話があるの」

お藤はおつたにそういって戸口に目を向けた。

「少し待ってください」

お藤は先に家を出て、長屋の木戸口で待った。

空にうろこ雲が浮かんでいた。鳶が気持ちよさそうに舞って鳴いている。

おそねとおつたを知るきっかけは、吉蔵（きちぞう）というおそねの亭主だった。店の客だったのだ。気前のいい屋根職人で、ときどき仲間の職人を連れてきて飲み食いし、金を使ってくれた。いい客がついたと思っていたが、そのうちツケを許した。しばらくは月晦日にきちんと払ってくれたが、ある月からぱたりと姿を見せなくなった。

掛け取りに行くと、博打で持ち金を使い果たしただけでなく、賭場に借金をこさえて逃げていた。取り残された女房のおそねは、近所の料理屋にはたらきに出て金を稼いだが、その半分は賭場の借金返済に消えた。

挙げ句、無理をしてはたらいたのが体にさわったらしく、倒れて床に臥すようになった。そんな母親を助けるために、おつたは子守や針仕事の内職をして、おそねの面倒を見るはめになった。

お藤はその境遇を知って、吉蔵が作ったツケのことは忘れることにしたが、ある日、おつたが紀伊国橋のたもとで客を引こうとしているのを見つけ、きつく咎めた。

　それ以来、ときどき二人の様子を見に来ているのだが、まだ若いおつたには親の面倒を見るのに限界がある。いつ、身を売るか知れなかった。

　お藤は十五の娘にそんなことはさせたくなかったし、おそねに早く元気になってもらいたいと願っていた。女房と娘の苦労の原因は、逃げた亭主の吉蔵にあるのだが、その行方は知れない。

「お待たせしました」

　木戸口で待っていたお藤のもとに、おつたがちびた下駄の音をさせてやってきた。

「そこの茶屋に行きましょう」

　お藤はおつたを誘って近くの茶屋に入ると、店の者にも客からも遠い隅の床几に腰をおろした。茶が届けられ、店の女が下がるまで黙っていた。その間、おつたは落ち着かない様子だった。

「話というのは、これをわたしておきたかっただけよ。受け取って」

　お藤は笑みを向けて、金包みをわたした。なかには二分金十枚が入っていた。

「なんです……」

金包みを受け取ったおつたは、きょとんとした顔をする。

「おつたちゃんの長屋にあったかどうか知らないけど、鼠に金をもらったの」

お藤がそういったとたん、おつたはハッと息を呑んだ。

「うちの店がよほど暇だと思ったのかどうかわからないけれど、今朝店を開けようとしたら投げ込んであったのよ」

「………」

「でも、わたしは慈悲など受けたくないの。自分のお金は自分で稼げるから。だけど、おつたちゃんはそうではないし、いまは大変なときでしょう。だからおつたちゃんにと思ってね。もらったものだから、遠慮なく受け取って」

「あの……」

「なに？」

「じつはうちにもお金が投げ入れられていたんです。わたしの家だけじゃなく長屋じゅうに鼠が配っていったらしいのです」

「それはよかったじゃない」

お藤はほっこり笑ってみせる。

「でも、こんなこと……」

「遠慮はいらないっていってるじゃない。それより、おそねさんを医者に診せてあげて。ひどくならないうちに医者にかかったほうがいいわ」

「ほんとに……」

お藤は手をのばすと、おつたの両手を包んだ。

「いいのよ。わたしのこと気にする前に、自分のこととおそねさんのことを考えて。それじゃ、そういうことだから」

「お藤さん、すみません。助かります、ありがとうございます」

おつたが目をうるうるさせて頭を下げると、お藤は腰を上げて茶屋をあとにした。

通りに出たところで振り返ると、おつたが立っていた。視線が合うと、おつたは深々と腰を折った。

お藤は微笑みを投げて、そのまま歩き去った。五両あれば当座はしのげるし、医者にかかることもできる。それにおつたが道を踏み外すこともない。

（これで少しは安心かも……）

内心でつぶやくお藤の心は、少しだけ軽くなっていた。

四

市郎太がおせいを見つけたのは、その日の昼過ぎだった。

それからずっとつかず離れずの距離を保ち、おせいを眺めていた。いま、おせいは自宅のある長屋から少し離れた、浜町堀に架かる栄橋のたもとに座っていた。

膝前に飯桶(はんつう)を置き、人が通るたびに黙って頭を下げる。知らぬ顔で通り過ぎる者もいれば、短い声をかけて飯桶に銭を投げ入れる者もいる。

「可哀相にね。あんな小さい子が物乞いだなんてね」

「親がだらしないのさ」

金を投げ入れた二人のおかみが、市郎太の前を通り過ぎていった。

その日おせいを見つけたのは、住まいの長屋から通り一本挟んだ雪駄問屋の前だった。店に頼まれたらしく、戸口前の掃き掃除とどぶ掃除をしていた。

掃除が終わると、駄賃をもらって家に帰ったが、今度は飯桶を小脇に抱えて出てきた。なんに使うのだろうかと思っていると、栄橋まで来てそこに座り込んだのだ。

市郎太はいつ声をかけようかと迷っていた。もう十分、おせいが苦労しているのはわかった。まだ十歳の娘だ。

親が店を失い、おまけに借金を抱えての暮らしである。親のいいつけなのか、それとも自分で進んでそんなことをしているのかわからなかった。

母親のお鶴は昼前に家を出ると、宵五つ（午後八時）過ぎまで米沢町の料理屋で仲居仕事をしていた。

車力仕事をやっている父親の庄兵衛は、夕暮れには戻ってくるが、おせいはお鶴の代わりに、台所仕事もしていた。

店が左前にならなければ、信用していた番頭に裏切られなければ、そしてその番頭を誑かした倉橋秀之丞がいなければ……。

もっといえば、倉橋に身請けされた小紫という花魁が、店をほしがらなければ、こんなことはしなくてすんでいたのにと思わずにはいられない。

おせいを知ることで、市郎太のなかにふつふつとした怒りがわいていた。それは倉橋秀之丞に対するものだ。

そんな市郎太は、お藤に手伝わせた〝鼠盗め〟を無事に終わらせることができた。

盗んだ金は二百四十両だった。十両ずつお藤と山分けにし、あとは市郎太とお藤が気にしている長屋と、知りあいのいる長屋にこっそり投げ入れた。

だが、おせいとその親が住んでいる家には施しをしなかった。もっとおせいと、その親のことを知りたいと思ったということもあるが、お藤と手分けして配った盗み金は、あっという間になくなってしまい、もう手許には一文も残っていなかった。

茶屋の縁台で市郎太はおせいを眺めていたが、もういいだろうと思って立ちあがった。おせいが何をしているのかわかりすぎるぐらいわかったからだ。

「おせいちゃんだね」

市郎太はおせいに近づくと、飯桶のなかに一分金を投げ入れて声をかけた。おせいが顔をあげて見てくる。だが、すぐに「ありがとうございます」と頭を下げた。

「いいから立ちな。おじさんと少し話をしようじゃねえか」

おせいはすんだ瞳をきらきらさせ、小首をかしげた。頬が無花果(いちじく)のように赤い。継(つ)ぎ接(は)ぎのあたった紺木綿の袖は擦り切れていて、素足だった。

「おじさんは怖い人じゃない。おまえのおとっつぁんとも話したことがあるんだ。さあ、立ちな。茶でも飲みながら団子を食おう」

さあ、ともうひと押しすると、おせいは飯桶を大事そうに抱え持って市郎太についてきた。さっきの茶屋に戻ると、店の小女に団子と茶を注文した。

「遠慮なく食いな。おじさんのおごりだ」

おせいはこくりとうなずく。それからおそるおそる団子に手をのばして口に入れた。

うまいかと聞くと、おせいは口を動かしながら、またこくりとうなずいた。

「物乞いはおっかさんか、おとっつぁんにいわれてやっているのか？」

おせいはうつむいた。それから、首を横に振った。幼いながら自分で考えたのだろう。ひょっとすると、他の場所で物乞いをしている者を見て真似したのかもしれない。

「おじさん、ほんとうにおとっつぁんを知っているの？」

おせいが顔を向けてきた。吸い込まれそうなほどきれいな瞳だ。

「ああ、話したことがある」

「いわないで、いわないでください。おとっつぁんにはいわないで」

おせいは泣きそうな顔をする。市郎太は思わず抱きしめてやりたい衝動に駆られ、胸を熱くした。

「わかった。だけど、もう二度と物乞いはしないと約束してくれ」

おせいは少し考えて、うんとうなずいた。

「約束だからな」

「はい」

「よし、いい子だ」

市郎太は微笑んでおせいの頭をなでてやった。髪が傷んでいた。しばらく風呂に入っていないのだろう。


そのころ、おせいの父親・庄兵衛は、米俵を山と積んだ大八車を引いていた。届け先は小伝馬町の米屋だからたいした距離でもないし、坂道もない。だが、大八車は重かった。

足を踏ん張り、梶棒を持つ手に力を入れて一歩、また一歩と前方をにらむようにして歩きつづける。

こんなとき、いろんなことが脳裏に浮かんでは消えていく。裸一貫で店を築きあげた父親のこと、裏切った番頭・幸兵衛のことなどだ。

(ちくしょう、どうしてこんな苦労をしなきゃならないんだ)

悔しさ、腹立たしさ、ぶつけようのない怒りが胸のうちで渦巻く。

それでも裏店に越してきたときよりはましだと思う。店を失い裏店住まいをはじめたときには、毎日のように口入屋に通い、日傭取り(ひようとり)の川浚いや荷揚げ仕事をしていた。

ようやく車力屋に雇われの身になったので、口入屋に通わなくてよくなっただけでも気が楽になった。しかし、いくらはたらいても手許に金は残らない。借金は少しずつ返してはいるが、なかなか減らなかった。

女房のお鶴にも遅くまで仲居仕事をしてもらっているが、これじゃいつまでたってもうだつが上がらないと、悔しくて涙が出そうになる。

(それにしても……)

と、お鶴の顔が脳裏に浮かぶ。

三国屋の商売がうまくいっているときは、お鶴は店主の妻らしく、しとやかに振る舞っていた。ところが、幸兵衛に裏切られたときには、生来気の強いところがあったのか、あしざまに罵りつづけた。

堀江町の裏店に越してきてもそれは変わらず、同情を買うというのでもなく、同じ長屋のおかみ連中に恨みつらみごとをこぼしていた。

外聞の悪いことをいうんじゃないと、窘めたが、

——見栄も恰好もつけられないのよ。隠しているより、知ってもらったほうが早く気が楽になるじゃない。

と、言葉を返した。

その結果、庄兵衛一家の没落はあっという間に知れわたった。だが、そんな噂はお鶴がいうようにいっときのことで、いまは誰もそんなことは口にしないし、同じ貧乏人同士だと接してくれる。

（負けてたまるか。こんなことで……）

庄兵衛は内心で自分を叱咤（しった）すると、立ち止まって首筋をつたう汗をぬぐった。

五

西にまわり込んだ日が、次第に低くなっていた。路地裏に射していた日の光が消え、通りを歩く人の影が長くなっている。

重い足を引きずるようにして歩いてくる庄兵衛の姿が見えたのは、そんな時分だった。

和国橋のそばで待っていた市郎太は、近づいてきた庄兵衛に声をかけた。

「これは百地さん」

庄兵衛は疲れた顔を向けてくる。

「ご苦労だな。慣れない力仕事だから大変だろう」

「いいえ、もう慣れました」

「そうかい。で、ちょいと聞きたいことがあるんだ」

市郎太はそういって人通りの邪魔にならないように道の端に移った。

「なんでしょう？」

「このままの暮らしでいいと思ってはいねえだろうが、この先どうするつもりなんだ？」

「なぜ、そんなことを……」

「おれは力になりてェっていったたろう。それとも口先だけの男だと思ったかい。たしかにおれは若造だ。だが、そんなおれにもできることはある」

「いったい何をおっしゃりたいので……」

「見ていられねえんだよ。このこと他に漏らしちゃならねえぜ。約束してくれるか」

「どんなことでしょう?」

篤実そうな顔をしている庄兵衛は、小首をかしげて目をしばたたく。

「とにかく誰にもいわねえって約束してくれ」

「……わかりました」

庄兵衛は手を股引にこすりつけた。

「おまえさんの娘のおせいだ。乞食の真似をしてやがった」

庄兵衛は口をぽかんと開け、信じられないというように目をみはった。

「今日たまたま見かけたんだ。橋のたもとに座り、飯桶を置いて物乞いをしていた」

「ほ、ほんとですか……」

「親のためを思ってのことだろうが、おれは見ていて胸が苦しくなった。それでおまえさんに、ほんとうの思いを聞かせてもらいてェんだ。この先どうするつもりだってことだ」

庄兵衛は思案するように空をあおいだ。

薄紅に染まった雲が翳りはじめていた。

「わたしは……」

庄兵衛は市郎太に顔を戻すと、一度口を真一文字に結んでからつづけた。

「このままでは終わりたくありません。わたしの父親は裸一貫から三国屋を立ち上げました。そしてわたしに継がせてくれました。えらい父親だと、いまでも思っています。だから、わたしも裸一貫からもう一度店を立ち上げようと、心に誓っています。それゆえに毎日、なにくそという気持ちで、父親を見習おうと汗を流しているのです」

「そうか……」

「女房や娘のこともあります。幸せにしてやらなきゃ、死んでも死にきれません。店を失ってからは苦労のかけどおしですから……」

「借金がまだ残っているらしいが、いかほどあるんだ？」

「なんだかんだと八十両ほどです」

「持ち逃げされた金は、二百五十両だったな。もし、その金が返ってきたら、商売をはじめられるか」

「そりゃ、もちろんでございます。借金をきれいにもできます」

その言葉を聞いて、市郎太の腹は決まった。

「まさか、二百五十両を取り返してくださるとおっしゃるんじゃないでしょうね」

「やってみる」

庄兵衛は目をみはった。

「幸兵衛という番頭をそそのかしたのは、倉橋秀之丞という旗本だった。そうだな」

庄兵衛はうなずく。

「掛け合ってやる。店がつぶれたのは、元をただせば倉橋のせいだ。相手は無役とはいえ直参旗本、筋を通して掛け合う」

「しかし、もう幸兵衛は死んでいないのです。幸兵衛をそそのかしたという証拠がなければ、話ができないのでは……」

「心配するな。おれに考えがある」

「そんなことをお願いしてよろしいので……」

「これはおれとおまえさんだけの話だ。何があろうと、かまえて他言無用だからな」

「でも、どうしてそんなことを……」

「おせいに心を打たれた。そして、おまえさんの心意気にも感心した」

「はあ……」

「おせいのことはこれだぜ」

市郎太は口の前に指を立ててつづけた。

「いっちゃならねえぜ。幼いながら親のことを考えてやったことだ。それに、おせいはもう決して物乞いはやらないとおれに約束してくれた。だから、その話はここで終わりにしてくれ」

「……わかりました」

答えた庄兵衛は、涙を堪えるように唇を噛んだ。

六

庄兵衛と別れた市郎太が熊野屋の前に来ると、定吉がどこからともなく駆け寄ってきた。

「百さん、百さん」

「なんだ」

「これには、何が書いてあるんだい？　読んでくれないかい」

市郎太は定吉が手わたした紙を取った。

「なんだ瓦版じゃねえか」

「魚河岸でみんながこれを見て騒いでいたんだよ。鼠がどうのこうのって、それで捨てられたのを拾ったんだ」

「鼠だと……」

市郎太はしわくちゃになっている瓦版を広げた。

一枚刷り（あるいは半紙二つ折りが定番）の絵双紙ふうになっているのが瓦版だが、

見た瞬間、市郎太は目を見開いた。

　鼠小僧の絵が描かれ、鼠と書かれた金包みが貧乏長屋に放り込まれたことを報じていた。

『鼠小僧は生きていた』

『獄門になった鼠小僧は人違いか』

　などという見出しまである。

「ねえ、何やってんのさ。読めないのかい」

　定吉がせっつく。

「鼠小僧が出たんだとよ」

「ええっ、そりゃ嘘だい。次郎吉は獄門になったじゃないか」

「でも、そうらしいことが書いてあるんだ。だが、とんだ嘘っぱちかもしれねえ」

「瓦版には嘘もあるの？」

　定吉は目をぱちくりさせる。

「そういうときもある。あまり信用しねえことだ」

「ふうん、でもおもしろい。新助にも教えてやろうっと」

定吉はそういうなり市郎太の持っている瓦版を奪うように取り返すと、そのまま草履の音をパタパタいわせて駆け去った。

「瓦版屋は耳が早いな」

市郎太は駆け去る定吉を見送りながらつぶやいた。

いずれ噂になるとは思ったが、まさかこんな早く瓦版に載るとは思いの外だった。

金包みに「鼠」と書いたのがまずかったかと思いもした。

(つぎからはやめるか)

胸のうちでつぶやきながら熊野屋に入ると、

「あ、お帰りになりました」

と、手代の浅吉が顔を向けてきた。

同時に帳場の上がり口に座っていた男と目があった。ひと目で町奉行所の同心だとわかった。そばには小者も控えている。

帳場横に座っていたお滝が顔を向けてきて、

「北御番所の大谷木様よ」

そう紹介した。

市郎太にはぴんと来た。小幡藩屋敷で捕縛された次郎吉を、門前で引き取った大谷木七兵衛という同心だと。

（これがあの同心だったのか）

「百さん、何か悪いことしたんじゃないでしょうね」

お滝が不安そうな顔を向けてきた。

「何もしちゃいねえさ。おれに何か用ですか？」

市郎太はお滝に応じてから大谷木を見た。

「聞きてえことがある。ここじゃ商売の邪魔だ。表で話すか」

大谷木は立ちあがると、市郎太を表にうながし「おかみ、邪魔をしたな」と、いって先に戸口を出ていった。

「何をしたの？　大谷木様は何もおっしゃらなかったけど……」

表に行こうとした市郎太に、またお滝が声をかけてきた。

市郎太は振り返った。お滝は心配顔だ。帳場に座っている惣兵衛もいつになくかたい表情だった。

「心配無用だ」

市郎太はにやっと余裕の笑みを返したが、内心焦っていた。もしや足がついて見つかったのではないか。このままお縄になってしまうのではないか。

(そんな馬鹿な)

内心で否定する。

表に出ると、堀端に立っていた大谷木と連れの小者が目を向けてきた。

(いったいどういうことだ)

市郎太はドキドキしていた。だが、相手にそのことを悟られてはまずい。平静になれ、落ち着けと自分にいい聞かせる。

「百地市郎太というんだな」

「さようで」

市郎太は大谷木の鋭い眼光を受けた。人のあらを探すような目つきだ。頼りなさそうな細身の男だが、油断はならない。相手は町奉行所の同心である。しかも、定町廻り同心だから、罪人取締り専門の年季者だ。

「おぬし、浪人のようだが、ずっとかい？」

「さようですが、親は無役の御家人でして、なにも継ぐものがありませんでしたからね」

「熊野屋に居候して、掛け取り仕事を手伝っているらしいな」

「居候身分ですから、少しぐらいは役に立ちませんと悪いでしょう」

「いい心がけだ。それで、熊野屋に来る前はどこにいた？」

「神明町の貧乏長屋です。いったいなんなんです」

市郎太は隣に立つ小者を見た。猪首でがっちりした体つきだ。にこりともせず、挑むような目を向けてくる。

「お花という女を知っているか？」

そういうことか、と市郎太は内心でつぶやく。おそらく次郎吉の情婦のことだ。

「どこのお花です？　何人か同じ名前の女を知っていますから……」

市郎太はとぼける。

「それじゃこれは見たか」

大谷木は市郎太の問いには答えず、懐から一枚の紙を出した。さっき定吉に見せてもらった瓦版だ。

「鼠が出たって書いてあるやつでしょう。ほんとうですかねえ」

しれっとした顔でいったが、大谷木は表情ひとつ変えず見据えてくる。

「おまえは鼠小僧次郎吉を知っているな」

「あとでそうだと知って驚きましたよ」

大谷木は眉宇をひそめた。市郎太は警戒した。この同心はどこまで調べているのだろうかと、不気味さを覚える。

「ただ、それだけか……」

「ときどき酒を馳走になったことがあります。おもしろい男でしたよ。だけど、まさかねえ」

「まさか、なんだ」

大谷木は冗談の通用しない男のようだ。

「まさか噂の鼠小僧だと思いもしなかったってことです」

「その鼠を捕まえたのがおれだ。もっとも屋敷前で引きわたされただけだがな」

武家屋敷や大名屋敷は町奉行所の管轄ではない。よって、そういった屋敷内に入った罪人を直接捕縛することはできない。

屋敷の者が捕縛したら、同心は門前で受け取るだけだ。

「そうだったんですか」

市郎太は目をまるくして驚いてみせた。

「次郎吉が捕まえられる前に、あの屋敷に投げ文があった。次郎吉をよく知っている者でなきゃできねえはずだ」

「まさか、おれがそうだというんじゃないでしょうね」

市郎太は内心の動揺を抑えて大谷木を見た。

大谷木は短い間を作った。その間、まばたきもせずに市郎太を凝視していた。それから、またちがうことを聞いてきた。

「一昨日の晩だが、おぬしはどこにいた？　遅くに店を出て行ったことはわかっている」

やはり大谷木は疑っている。しかし、この問いには迂闊に答えられない。市郎太はめまぐるしく考えた。

「行き先だ」

大谷木は間を置かずに問いを重ねた。

「佐内町にある〝おかめ〟という店です。その店の女将と遅くまで飲んでいたんです」

大谷木は「おかめ」と聞いたとたん、小者と顔を見合わせた。「おかめ」の前の通りは、町奉行所の与力・同心の通り道でもある。知っていてもおかしくはない。

市郎太はこのふたりはお藤にも聞き込みに行くと予測した。大谷木がお藤に会う前に、口裏を合わせる必要がある。市郎太は少し焦った。

「あの店ですね」

小者がいう。

「たしかだろうな」

大谷木はまばたきもせずに市郎太を見る。

「嘘をいったってなんの得にもならないでしょう。疑うんでしたら〝おかめ〟に行って聞けばいいんです」

「そうしなきゃならねえな」

市郎太はやはりこのふたりより早く、お藤に会わなければならないと思った。

「気を悪くしないでくれ。これもお役目なんだ。いや、手間を取らせた」

大谷木はそういうと、くるっと背中を見せて歩き去った。小者はじろりと市郎太を一瞥してから、大谷木を追いかけた。

市郎太はふたりの姿が消えるまで、その場に立っていた。そして、姿が見えなくなると、一散に駆けだした。

七

佐内町の通りに入るなり、お藤の姿が見えた。少し伸びをして、暖簾を掛けているところだった。市郎太は駆け寄ると、強引に店のなかにお藤を押し込んだ。

「お藤、お藤」

「なによ、いったい」

「町方だ。町方がおれを訪ねてきたんだ。一昨日の夜のことを調べている」

「なんですって」

「おそらくここにも来るはずだ。おれは一昨日の晩、ここでおまえと飲んでいたといった。だから、話を合わせてくれ」

「わ、わかったわ」

「うまく頼む。じきにやってくるはずだ」

市郎太は戸口を見て言葉を足した。

「おれは裏から出る。頼むぜ。わかったな」

「ええ」

市郎太はお藤が返事をする前に、土間奥の勝手口から外に出たが、そこで立ち止まった。

お藤が大谷木とどんなやり取りをするか聞こうと思ったのだ。

息を詰めてその場に立っていると、ほどなくして大谷木がやってきた。お藤は普段と変わらずに応対する。

「ああ、客じゃねえからここでいい」

入れ込みにうながそうとしたお藤に、大谷木はそういって言葉をついだ。

「北町の大谷木という。こっちはおれの手先をやっている鉄五郎だ」

「町方の旦那がなんでしょう」

「百地市郎太って男を知っているな。伊勢町の熊野屋に居候している浪人だ」

「知っていますよ。何かあの人が？」

「一昨日の晩だが、おまえさん何をしていた？」

「一昨日の晩ですか。いつものように店をやっていましたが……」

「何刻ごろ閉めた？」

「町木戸の閉まるころです。いつもそうしているんですけど、客がいなければ早く閉めることもあります」

「百地が来たな？」

「ええ」

「来たのは店を閉めたあとのはずだ」

盗み聞きしている市郎太は、大谷木の鋭い眼光を脳裏に浮かべた。

「そうですね、閉めたあとで来ましたわね。いやといえないので、ふたりでお酒をいただきましたわ。おっちょこちょいで間の抜けた男ですけど、気のいい人なんです」

裏口で立ち聞きしている市郎太は、

（おっちょこちょいで間抜けは、余計だ）

と、内心でぼやく。

「懇(ねんご)ろの仲ってわけか」

「それは旦那がお好きにお考えになればいいことですわ」

「いつまで飲んでいた？」

「さあ、何刻ごろまで飲んでいたでしょうか……。どうしてそんなことをお訊ねになるんです？　男と女の間柄、野暮なことですわ」

お藤はちょっと鼻にかかった声で答えた。盗み聞きしている市郎太は、ひょいと首をすくめた。

「百地から次郎吉の話を聞いたことはねえかい？」

「どこの次郎吉さんです？　うちの客にはいませんが……」

「鼠小僧次郎吉だ。獄門になった盗人野郎のことだ」

「それだったら噂になっていたから、何度か聞いたことはありますよ。次郎吉が引き廻しされたときには見物に行ったぐらいですからね」

少し間があった。

勝手口の陰で耳をそばだてている市郎太は、大谷木のことを考えた。おそらくお藤には取りつく島がないと思ったはずだ。だが、しばらくお藤を監視するかもしれない。そして、おれもその対象だろうと考えた。

「旦那、何をお調べになってらっしゃるの？」

短い沈黙をお藤が破った。

「気になることがあっただけだ。忙しいところ邪魔をした」

そのまま大谷木が店を出て行く気配があった。

市郎太はお藤がうまく応対したことに、ホッと胸をなで下ろしたが、まわりを警戒した。大谷木と連れの鉄五郎が店を見張っているかもしれない。もし、そうなら長居は無用である。市郎太は細い猫道を用心深く進んで、隣町の音羽町に抜けた。

「鉄五郎、どう思う？」

大谷木は「おかめ」を出たあとで、鉄五郎に顔を向けた。

「食えねえ女です」

「あの女のことじゃねえ。百地市郎太という浪人だ。どうにも引っかかるじゃねえか」

大谷木は立ち止まって「おかめ」を振り返った。

「どの辺が気になりやす？」

「おれの勘だ」

「ひょっとして、百地が盗みに入ったと考えてらっしゃるんで……」

「……わからん」

大谷木は歩きだした。すでに夜の帳が下りている。

海賊橋のそばまで来て大谷木はつぶやいた。

「気にくわねえんだ」

鉄五郎が訝しそうに首をかしげる。

「あの瓦版だ。そして、高崎藩松平家の家老屋敷に入った賊がいる。そのことは瓦版には書かれちゃいねえが、気にくわねえんだ」

大谷木は独り言のようにいって、拳をにぎりしめた。

鼠小僧次郎吉の身柄を、小幡藩屋敷前で預かったのは自分である。手柄にも何にもなっていない。もし、鼠小僧を騙る盗人があらわれたら、今度こそ自分の手で押さえたい。

「鉄五郎、瓦版を信用するつもりはねえが、噂の出所を調べるんだ」

「へえ」

「もし、次郎吉の真似しているやつがいるなら、必ずおれが、この手で捕まえる」

「ひょっとして旦那は、またその盗人が出るとお考えで……」

「盗みは一度やったらやめられねえっていう。松平家の家老屋敷に入った賊はまたどこかを狙うはずだ」

「それじゃそのときこそ……」

鉄五郎が顔を向けてきた。

「必ず押さえる」

大谷木は目の奥に針のような光を宿した。

第六章　あかんべえ

一

翌朝、八丁堀の組屋敷を出た大谷木は、いつものように小者の鉄五郎を連れて海賊橋をわたった。

町奉行所に出仕する場合は、そのまま青物町を抜け、日本橋の通りを突っ切るのだが、その日は、橋をわたると左に折れた。

「旦那……」

鉄五郎が怪訝そうな顔を向けてきた。

「お藤って女の店を眺めていく」

「そういうことですか」

　大谷木は楓川沿いの道を辿り、本材木町二丁目の途中を右に曲がった。その先が佐内町で「おかめ」がある。まっすぐ進めば呉服橋だ。その先に北町奉行所がある。

　細い通りの両側に小店が並んでいて、暖簾を掛けたり、店の前を掃除している者を見かける。「おかめ」は夜商いだから、戸は閉まったままだ。

「どうするんです」

　鉄五郎が店の前で立ち止まった大谷木に声をかける。

「この店の女将は百地といい仲のようだ。まあそれはそれでいいんだが、百地は次郎吉とつながりがあった。それはたしかだ。やつは次郎吉と何度か酒を飲んだといったな」

「いいましたね」

「次郎吉と付き合いのあったやつは多いようで少ない。だが、次郎吉は情人だったお花に百地を会わせている。それが気になるんだ」

「…………」

「それに今度の鼠のやり方と次郎吉のやり方がそっくりだ」

「それじゃ次郎吉が、百地に盗みの手口を教えたとお考えで……」

「おれは悔しいんだ。おれは次郎吉の身柄を引き取った同心だ。他のやつでもよかったのだろうが、その役がおれにまわってきた。誰にでもできる役目だった。あのとき……」

言葉を切った大谷木は、ゆっくり歩きはじめ、高く晴れわたった空をあおいだ。


浜町の小幡藩中屋敷表門で大谷木は数名の捕り方といっしょに、屋敷内で捕縛された次郎吉の身柄を預かった。

次郎吉は観念しているのか、逆らう素振りもなく、おとなしく大谷木らに引っ立てられた。最初の調べは茅場町の大番屋で行った。

大盗賊とか義賊という噂があったので、調べに手こずると思ったが、実際はそうではなかった。大谷木の訊問を受ける次郎吉は、拍子抜けするほど素直に答えていった。

罪状を固めた大谷木は、次郎吉を手順通りに北町奉行・榊原主計頭に預け、一件落着となった。

そこまではよかった。

だが、日がたつにつれ、大谷木の心の内に得体の知れない無念が生まれた。なぜ自分は次郎吉を捕縛できなかったかということだ。

(おれはやつの身柄を引き取っただけだ)

定町廻り同心として屈辱だった。どうせなら自分の手で取り押さえたかった。それができなかった。そのことがずっと心の内でくすぶっていた。

だが、それも時とともに追いやることができた。すでに処刑された盗人のことで心を病むことはないと、気持ちを切り換えたからだ。

ところが、次郎吉と同じような盗人があらわれた。

「旦那、どうなさいました?」

鉄五郎の声で大谷木は現実に引き戻された。

「鼠を騙る盗人のことだ。今度はこの手で、そやつを捕まえたい。そうでなきゃ気が収まらねえんだ」

「でも、一回こっきりでしたら……」

「それはねえだろう。おれはまた鼠はあらわれるとにらんでいる。鉄五郎、尻尾を捕まえるんだ」

大谷木は意志のかたい目を鉄五郎に向けた。

「それじゃどうします？」

「瓦版になった噂の出所を探す。まずはそこからだろう」

「へえ、承知しやした」

二

市郎太は大谷木の訪問を受けてから三日間、ほとんど熊野屋を出なかった。もちろん、お藤にも会わなかった。

（あの町方には注意しなきゃならない）

そう感じたからだった。

短い弟子入りではあったが、市郎太は次郎吉から自然に用心深さを学んでいた。

熊野屋に引きこもっている間、市郎太の周辺に大谷木の姿は見えなかった。

引きこもりは三日間つづいたが、熊野屋を一歩も出なかったわけではない。お滝や番頭の惣兵衛に頼まれて、何度か掛け取りに出ているが、そのときも周辺に十分な警戒心をはたらかせた。だが、不審な人の影はなかった。

お滝は大谷木がどんな意図があって、市郎太を訪ねてきたのか知りたがったが、

――何か事件があったんだろう。おれには関わりのないことだから、何も答えられなかったよ。

そういって誤魔化しておいた。お滝は深い穿鑿（せんさく）をしない女だから、あっさり信じたのか、それ以来何もいわない。

市郎太は三日間、大谷木のことを考えた。もし自分に疑いを持っているなら、どんな調べをするだろうか？　おれはどこかでヘマをしていないだろうか？

その二点をよくよく考えた。町奉行所の同心を甘く見てはいけない。だから、ありとあらゆることを考えた。

しかし、町奉行所は大名家や武家での事件には関わらない、あるいは関われないというのが原則である。

武家で起きたことは公儀目付、あるいは藩の目付が調べをする。そして、町奉行所の介入を嫌う。もちろん、中谷角右衛門が仕えている高崎藩松平家が町奉行所に、調べの助を依頼しているなら別であるが、おそらくないと考えていいだろう。

しかしながら、中谷角右衛門は忍び入った賊に斬られて死亡している。殺したのは自分だが、それを重く見ての調べが進んでいるなら油断はできない。もし、そうであれば大谷木は、中谷角右衛門の家来たちに詳しい話を聞いているだろう。

大谷木は瓦版に目をつけたはずだ。そして、鼠小僧次郎吉の手口とほとんど似ていることに不審を抱いているだろう。

市郎太は自分とお藤が金をばらまいた長屋のことを考えた。市郎太は自分とはほとんど関わりのない貧乏長屋に金を配った。

もし、あやしまれるなら、深川海辺大工町の源次郎店だ。あの長屋には佐久間新蔵の死体を見つけた、おひでという女房が住んでいる。

おひでに大谷木は会っただろうか……。

疑問だったが、もし大谷木がおひでから話を聞いたとしても、さほど気にすることはない。市郎太には逃げ口上がいくらでも作れる。

要は中谷角右衛門宅に忍び込んだという証拠がないのだ。

(気にすることはないか……)

そう思うが、ひとつだけ気になることがある。

お藤は木挽町の勘助店に住む、床に臥している母親の面倒を見ているおつたという娘に慈悲をかけていた。その同じ長屋に金をばらまいている。

だからといって、そこからアシはつかないと思うが、市郎太は気になった。

ふと空を見ると、もう黄昏れている。

筋雲が薄紫に染まっていた。階下からお滝と金助の声が聞こえていた。何をしゃべっているのかわからないが、ときどき楽しそうに笑ったりしている。

のそりと起きあがった市郎太は、部屋を出ると帳場のある一階に下りた。

「お、百さんいたんですか？　ずいぶん静かだから、また出かけていると思いましたよ」

金助が話しかけてくる。

「昼寝していたんだ」

「寝てばっかりよ。まるで猫みたいな人なんだから」

お滝が茶々を入れるが、市郎太は無視して帳場横にいって腰をおろした。

「何か楽しいことでもあったのかい？」

市郎太は暇つぶしに金助に声をかけた。

「楽しいことはありませんよ。毎日、足が棒になるほど歩くのが商売ですからね。それにしても作蔵一家もやりますよ」

「なんだ」

市郎太はお滝から茶を受け取って、小太りの金助に顔を向けた。

「あの一家は大きい声じゃいえませんが、町のダニじゃありませんか。だけど、ダニはダニでもいいとこはあるってことです。いえね、昨日の夜、本船町の〝竹波〟って店に破落戸（ごろつき）がやってきて、ゴタゴタがあったんですよ」

竹波はちょっとした料理屋で、荒布橋と江戸橋のすぐそばにあり、二階から日本橋川を眺められる風情のある店で、場所柄うまい魚を提供している。魚の新鮮さもさることながら、板前の腕もいいらしく、かなりの繁盛店だ。

「それでどうなったんだい？」

「竹波の使いが作蔵一家に駆けつけたんです。それで、一家の連中が竹波に乗り込んで、面倒を起こしていた破落戸をあっさり追いやったんです。これで竹波は作蔵一家に頭が上がらなくなりましたよ。あの一家がいるおかげで、変な与太者はこの辺で揉め事を起こせませんから、作蔵一家を目の敵にもするのも考えもんだと思った次第です」

要するに作蔵一家は、必要悪というわけだ。

「金さん、うちは後見を断っているんですよ。褒めないでほしいわ。所詮はやくざなんですから」

お滝が少しふくれ面をした。

「そういう意味でいったんじゃありませんよ。だけど、この店には百さんがいるから安心でしょう」

「惣兵衛、何か用はないか？」

市郎太は金助を無視するように惣兵衛に声をかけた。

帳付けをしていた惣兵衛は顔をあげて、しばし考える顔をしたが、今日のところはないと答えた。真面目な番頭で愛嬌もないが、嫌みもない。

「お滝さん、あんたは……」

「あたしもないわ」

「そうかい、それじゃぶらっと出てこよう」

市郎太はそのまま腰をあげた。

「夕餉はどうすんの？」

「適当にすましてくらァ」

市郎太はお滝に答えて熊野屋を出たが、すぐに新助に出会った。そばには父親の与兵衛がいた。市郎太に気づくなり、与兵衛が挨拶をしてきた。

「こりゃいいところで会いました」

与兵衛はそういうが、市郎太もいいところで会ったと思った。

「どうした？」

「ちょいと旦那に相談があって、会いに行くところだったんです」

「新助が悪さでもしたか」

市郎太は新助を見る。新助はにらむように見返してきて、そんなんじゃねえよと、生意気なことをいう。いきなり与兵衛に頭をたたかれ、いてッと頭を押さえた。

「この野郎を手習所に通わせることにしたんですが、ちっとも行っちゃいねえんです。こちとら真面目に読み書きを習っているんだろうと思っていましたが、毎日遊びほうけてやがるんです」

「ふむ」

「それで散々説教すると、百さん、あ、失礼。百地の旦那になら習ってもいいといいやがるんです」

「おまえがおれに……」

市郎太は新助を見た。うんと真顔でうなずく。

「それでお願いできないかと思いましてね、その相談なんです」

「さようなことか……」

市郎太は翳りつつある空を眺めて、与兵衛に顔を戻した。

「ちょいとその辺で話そうじゃねえか。新助、おまえは帰っていいぜ。ここから先は大人の話だ」

「なんだ、おいらは除け者かい」

「こらッ」

新助はまた与兵衛にぽかりとやられた。

三

市郎太は雲母橋(きらずばし)のそばにある、小さな縄暖簾に与兵衛を誘った。客はまばらだったが、離れた隅の席で向かいあって座った。

「何か折り入っての話でも……」

酒が届けられてから与兵衛が顔を向けてきた。頑固そうな面構えだ。

「新助の読み書きなら請け負っていい」

「やっていただけますか。そりゃよかった。くそ生意気なガキですが、あの野郎は百さん、いえ百地の旦那を慕ってんです。何かあると百さん百さんといいましてね」

「おめえも百さんでいいよ、面倒じゃねえか」

「よろしいんで……」

「かまいやしねえよ。それより、おまえはその辺の町大工じゃなかったな」

「家の造作もやりますが、数寄屋がほとんどです」

つまり数寄屋大工というわけである。

「すると、江戸のほうぼうで仕事をしているんだな」

「まあ、呼ばれりゃどこへでも行きます。このごろじゃ数寄屋を好むお武家だけじゃなく、町の分限者からも頼まれます」

数寄屋は茶室建築を取り入れた造りで、書院造りと共通する点が多い。数寄屋大工はその両方を受け持っている。

「愛宕下あたりまで出向くこともあるのか？」

「そりゃありますよ。旗本屋敷にも行きますし、大名屋敷にも呼ばれます」

「倉橋秀之丞という旗本を知っているか？」

市郎太は不審がられないように、酒に口をつけながら聞く。与兵衛は視線を動かして考えていたが、知らないといった。

「その殿様に呼ばれたことはねえですね。行ったことのある屋敷のことは大方覚えていますから。その倉橋の殿様がどうかしたんで……」

「ちょいと知りあいがいてな。どんな殿様だろうかと思っただけだ」

「あっしの仲間が知っているかもしれませんから、聞いておきやしょうか」

「たいしたことじゃねえから、ついでのときでいいさ」

市郎太はさらりと受け流し、話題を変えた。

「新助のことだが、読み書きを教えるのはやぶさかではない。ただ、毎日ってことなら無理だ」

「毎日だなんてそんなことはいいません。月に十日ほど教えていただければ結構です。もちろん百さんの都合のつくときで結構でござんす」

「ならば、新助にそう伝えておいてくれ」

「それじゃよろしく頼みます。ささ、どうぞ。今夜はあっしが持ちますから遠慮なく」

与兵衛は機嫌よく顔をほころばせて市郎太に酌をした。

それからは他愛ない話となり、与兵衛は聞きもしないのにあれこれと話をした。仕事のこと世間のこと、家のことなどだ。

そのなかに鼠小僧次郎吉の話も出てきたが、市郎太は酒を舐めるようにして聞いているだけだった。

与兵衛が酩酊気味になると、市郎太は今夜はこの辺でやめておこうと盃を伏せ、お開きにした。

ほろ酔いで帰っていく与兵衛を見送った市郎太は、その足で「おかめ」に足を向けた。

ときどき誰かに見張られていないか、尾けられていないか、神経をとがらせたが、そんな気配はなかった。

(大谷木はあきらめたのかもしれねえ……)

しかし、「おかめ」のそばまで来ると、もう一度周囲を警戒した。市郎太はそんな自分に苦笑を浮かべ、おれも気が小さいなと思ったが、

(いや、これは大事なことだ)

と、内心で戒めもした。

「いらっしゃ……なんだ、あんたか」

入れ込みの上がり口に座っていたお藤は、あげかけた尻をまた下ろした。

「なんだ、あんたかはねえだろう」

「ひねくれたこといわないでよ。あんたに会いたいと思っていたところなんだから」

「ほう、なんだ」

「それより飲むの？」

「ああ、一本つけてくれ。おれも話があるんだ」

お藤はてきぱきと動き、酒の支度をした。店には客がいなかった。

「暇だな」

市郎太はお藤が酒と肴を持ってきたところで、小さな店を見まわしていった。

「いつも暇なのよ。料理がまずいのかしら」

「なにかあったんだな」

市郎太は酒に口をつけてお藤を眺める。

「倉橋秀之丞の屋敷のことよ。おおよそのことがわかったわ」

「どういうことだ？」

「屋敷の造りがどうなっているかってことに決まってるじゃない」

「調べたのか……」

市郎太は驚き顔でお藤を見た。

「わたしの亭主は、もとは大工だったっていったでしょ。その大工仲間にちょいと探りを入れて調べたのよ。心配はいらないわよ。他人に話すような口の軽い男じゃないし、うまく聞きだしたから、妙な疑いもかけられないわよ」

「図面でもあるのか？」

「あるわ。わたしが聞いたことを思いだしながら描いたものだけど」

「見せてくれ」

お藤はすぐに二階に上がって戻ってきた。

「これよ」

広げられた図面は簡略なものだったが、それで十分だった。

「よくやったな。やることが手早くていいや。見直したぜ」

「たまにはそうやって褒めるんだ」

「憎らしいことをいいやがる。もらっていいのか」

「あんたのためにやったことよ。それで、話があるっていったでしょう。なに？」

「大谷木という町方のことだ。その後ここに来たか？」

「こないわ」

「それじゃ、おまえが面倒を見ている親娘（おやこ）がいるだろう。その長屋にもこの前の金を配ったんだったな」

「配ったわ。そのあとでおつたちゃんには、またお金をあげたけど」

「なに……」

市郎太は盃を持った手を宙に浮かして、眉を吊りあげた。

「心配しないで。うまく話してあるから」

お藤はそういってから、おつたに金をわたしたときのことを詳しく話した。

「おつたはまだ娘だろう。いくつだ？」

「十五よ。しゃべったりはしないはずよ。もし、しゃべったら他の長屋の連中が噂を立てるに決まっているから」

「信用ならねえ。いいか、おつたにきつく口止めするんだ。それにおつたは母親に話したかもしれねえ。それも気になる」

「気の小さいことというのね」

「馬鹿、大事なことだ。人の口に戸を立てられねえっていうだろう。善行が徒になるってこともある。もし、大谷木って町方に訊問でもされたら、ぺらぺらしゃべるかもしれねえだろう。そうなったら、疑いの目はどこへ行く」

お藤はさすがに顔をこわばらせた。

「とにかく釘を刺しておけ」

「それじゃ、これから行ってくる」

「店はどうするんだ？」

「どうせ暇だから」

といったお藤は、ハッと市郎太を見て言葉を足した。

「すぐ戻ってくるから、留守をお願いできない？」

「おれは料理なんてできねえぞ」

「お酒だけ出しておいて。肴は佃煮があるからそれで間に合わせておけばいいわ」

お藤は前垂れを外すと、そのまま店を飛びだしていった。

市郎太が「あ」と声を漏らしたとき、戸は閉まっていた。

「なんて女だ」

四

店に取り残された市郎太は、いきなり手持ち無沙汰になり、どうしようかと腰をあげたり座ったりを二度繰り返し、立ちあがった。

土間に下りて板場をのぞき、二階にかけられている梯子の上を見る。

（二階はどうなっているんだ……）

興味がある。お藤のいない隙に見るだけならかまわないだろうと思うが、盗みをやるくせになんだか心が咎める。

あきらめて板場に入り、作り置きの料理を見た。鍋に煮物がある。味見をしてみた。しょっぱい、と顔をしかめる。

「あの女、ほんと料理が下手なんだ」

思わずつぶやきが漏れるほどだ。

入れ込みに戻ると、お藤が外した前垂れを腰に巻いてみた。地味な前垂れなので、市郎太がつけてもおかしくはない。

ついでに襷をかけた。なんだか店の主になった気がする。

板場に入って、燗をつけてみた。コトコト湯が沸いているので、そこに徳利を入れるだけだ。

「ふむ」

これならおれにもできそうだと思い、お藤が佃煮があるといったのを思いだし、どこにあるのだと探す。流しの上の棚にあった。つまんでみた。うまい。

これはお藤が作ったのではなく、買ってきたはずだ。料理下手の女にこんなにうまい佃煮が作れるはずがない、と勝手に決めつける。

前垂れをつけ、襷をかけたついでに、頭にねじり鉢巻きをしてみた。なんとなく商売人になった気がする。

客を待ったがいっこうに来ない。暇である。

自分の酒を飲みほし暇をつぶすこと、小半刻（約三十分）ばかりたったころ、ガラリと戸が開いた。

「いらっしゃい……なんだ、おまえか」

入ってきたのはお藤だった。

「なんだ、おまえかはないでしょう」

「で、どうだった？」

「大丈夫よ。おつたちゃんは、しっかりしている子だから。町方が来たとしてもわたしのことは絶対にいわないわ。いったとしてもお金をもらったことは、絶対にいわない。そう約束したから」

「心配しなくていいんだな」

「案外疑い深いのね。信用しなさいな。で、それなに……」

お藤がまじまじと、市郎太を眺め、ププッと小さく噴きだした。

「客が来たらどうしようかと思ってつけてみたんだ」

市郎太はそういいながら、急いで前垂れと襷を外した。

「案外似合ってるわよ。今度やってもらおうかしら」

「冗談じゃない。それからおれたちの投げた金の包み紙だ」

市郎太は自分の席に戻っていった。お藤もそばにやってくる。

「あれには〝鼠〟と書いたが、まずかったかもしれねえ」

「どういうこと?」

「町方は瓦版屋をあたるはずだ。そこから噂の出所を探すだろう。すると、包み紙が出てくる。それにはおれたちの書いた字がある。町方は筆跡を調べるかもしれねえ」

お藤は息を呑んだ顔をした。

「もし、あの町方が字を調べるようなことになると、疑われる」

「どうするの？」

「あの町方に自分の字を見せちゃならねえってことだ。書いてもならねえ。書いたとしてもわざと字を崩す。わかったな」

「わかったわ。でも、あんた……」

お藤がまっすぐ見てくる。

「なんだ」

「思いの外、気がまわるんだなと思ってさ。で、どうするの？　倉橋秀之丞の屋敷にはいつでも忍び込めるわ」

「そうだが、もう少し調べる。屋敷の造りはわかったが、詰めている家人や女中の数がわからねえ。それを調べてもらいたい。やってくれるか？」

「いいわ。で、あんたはどうするの？」

「おれは倉橋の屋敷近くをうろつかないほうがいいだろう」

「そうね、町方の手先に見張られているかもしれないものね」

「それは気になっていることだが、いまのところその様子はない。それで、これから〝小紫〟に行ってくる」

「倉橋の妾の店ね。まさか、その店も狙うつもりじゃ……」

「それは考えてねえが、念のために調べておいたほうがいいだろう。それに倉橋のことがもっとわかるかもしれぬ」

「それで、倉橋の屋敷にはいつ入るつもり？」

「あれこれわかれば明日の夜でもいい。それができなきゃ明後日だ。そのあとは一日延ばしってことにする。それじゃ、行ってくる」

市郎太は一分を折敷（おしき）に置いて差料をつかんだ。お藤がすぐに「お代はいらない」と返そうとした。

「いいんだ。こういったことのケジメは大事だ」

「あら」

お藤の目がなんだかうっとりしている。市郎太は錯覚かと思った。

「あったかい手」

そういわれて市郎太は、はたと気づいた。金を押し返しながら、お藤の手をつかむように包んでいたのだ。慌てて手を引っ込めると、そのまま「おかめ」をあとにした。

料理屋「小紫」は、間口七間もある立派な店だった。元は煙草問屋・三国屋だった跡地である。目の前はお堀で、その先が諸国大名家の屋敷のある大名小路。黒い瓦屋根が星あかりを鈍く照り返している。

満天の星を背にしたお城は夜の闇に包まれているが、その威容は江戸市中ににらみを利かせている。白漆喰の長塀と櫓がところどころに窺える。

市郎太は小紫の二階の小部屋に収まっていた。女中が酒肴を運んできて、酌をしてくれる。

「では、ごゆるりと……」

女中が下がろうとしたので「おっと、待ちな」と、市郎太は呼び止めた。

「この店の主は女だと聞いたがほんとうかい？　噂になっているんで気になったんだ」

「ええ、さようでございます」

女中は微笑んで答える。三十年増の痩せた女でしわが深かった。それでも必死に白粉を塗りたくっている。

「若いんだってな」

「お若うございますよ。それにとても美しい方です」

「若くて美人でこんな立派な料理屋の女将か。たいしたもんだ。で、その美人女将は客間にも来るのかい」

「お客様は今夜が初めてで……」

「さようだ」

「でしたらその旨女将に伝えます。一見のお客様にご挨拶をするのが女将の決めごとなのです」

「ほう、そりゃ楽しみだ」

「お料理のご注文がございましたら、どうぞお声をかけてくださいまし。では、失礼いたします」

女中は丁寧に頭を下げて去った。この店の女は安い料理屋の酌婦めいたことはやらないようだ。

市郎太はしばらく酒を飲みながら、お通しの肴に箸をのばした。二種類の小鉢がある。ぶつ切り秋刀魚の煮物、里芋・人参・蒟蒻・牛蒡を使った筑前煮だ。どちらも味加減や煮方が絶妙なのか美味であった。

（お藤の料理と大ちがいだな）

座敷のほうからにぎやかな笑い声や、三味線などの音が聞こえてくる。

隅田川沿いの料理屋もよいが、ここもなかなか風流だ。店に入ってすぐ何人かの客を見たが、場所柄か諸国大名家の家臣が多いように感じられた。

「お邪魔いたします」

廊下から声がかかり、すうっと障子が開けられた。

「いらっしゃいませ。お初にお目にかかります。女将のおひさでございます」

市郎太は盃を宙に浮かしたまま、おひさと名乗った女将を眺めた。紫地の着物はすすき模様で、柿色の幅広帯、島田の髷に地味な簪を挿していた。細面におちょぼ口。両手の指は白魚のようだった。

おひさと名乗ったが、どうやら源氏名は捨てたようだ。代わりに店の名にしたのだろう。

「今夜、初めておいでになったと伺いましたので、ご挨拶にまいりました」

黙っていると、おひさが言葉を重ねた。

「ああ、それはわざわざご丁寧に……」

「ご用がおありのときには、どうぞご遠慮なくお声をかけてくださいまし。これからもなにとぞご贔屓のほどお願い申しあげます」

「なかなかいい店で感心しておったのだ。きっとまた寄らしてもらうよ」

「ありがとう存じます。では、ごゆるりとお過ごしくださいませ」

おひさはそのまま障子を閉めた。

市郎太はしばしぼんやりしていた。飛びきりの美人ではないけれども、なんとも妖艶な笑みが、残像のように瞼の裏に浮かんでいる。

それに吉原の女郎あがりとは思えない品があった。倉橋秀之丞が身請けしたことが、なんとなく納得できる。

しかし、あれは表の顔。身請けされたついでに我が儘をいって、店を持たせてもらったのだ。それとも、店を出してやるというのが、倉橋の身請けの口説き文句だったのか。

(まあ、どちらでもよい)

市郎太は酒を飲み、倉橋秀之丞に泣かされている庄兵衛一家のことを考えた。そして、庄兵衛のもとで番頭をやっていた幸兵衛のことを考えた。

（幸兵衛は、ひそかに殺されたのかもしれない……）

むんと口を引き結んだ市郎太は、厠に行くふりをして店の様子を窺った。

二階は廊下を挟んだ両側に小座敷と広座敷が合わせて十部屋。一階は店の戸口そばに帳場と台所。それに四つの客間があり、奥には別の部屋があるようだが、そっちは使用人とおひさの部屋のようだ。

もし、この店に盗みに入るなら、帳場であろうが、売り上げの金は奥の部屋に仕舞っているかもしれない。

市太郎はもう一本酒を注文し、それを飲んでから店を出た。ついでに店のまわりを観察するように歩き、もし小紫に入ることになれば、ここだという場所を見つけた。

店の裏側は長屋になっていて、その北側に薪炭問屋の土蔵があった。その土蔵から小紫の二階に入るのは造作なさそうだった。

だが、その前にお藤の調べを待ち、その結果次第で決めなければならない。市郎太はまっすぐ熊野屋に帰ることにした。

五

庄兵衛はいつものように、井戸端で顔を洗い、馴染みになった長屋の連中と軽口をたたきあって家に戻った。

「おとっつぁん」

戸口を入るなり、娘のおせいが心細い声をかけてきた。そのそばで女房のお鶴が、ぐったり倒れたように横になっていた。

「どうした？」

庄兵衛は目をみはって狭い居間に上がり、お鶴の顔色を見た。目をつむり、荒い息をしている。

「そこで水を飲んでいたら倒れたの」

おせいが流しの横にある水甕（みずがめ）を見てつぶやくようにいった。

「お鶴、具合が悪いのか？」

庄兵衛は声をかけながら、お鶴の額に手をあてた。熱はない。

「気持ちが悪いんです。目眩がして……」

　お鶴は目をつむったまま、か細い声を漏らした。

「医者に診てもらおうか」

「きっと疲れているだけだと思うから、少し休んでいれば治りますよ」

「体がきついのか？」

「……このところずっと体がだるくて……疲れがたまっているんでしょう」

「それだけならいいが……」

　庄兵衛はお鶴を見つめた。ここのところ顔色がすぐれず、食も細くなっていた。髪にもつやがなくなっていた。

　お鶴が疲れているのはわかっていた。休みなく仲居仕事に出ている。それも人の倍はたらいている。疲れないほうがおかしい。

「お鶴、今日は仕事を休め。わたしも休むことにする」

　庄兵衛がそういうと、お鶴がうっすらと目を開けて、大きなため息をついて首を振った。

「いけませんわ。わたしはともかく、あんたは仕事に行かなきゃ」

「だけど、おまえのことが心配だ。医者に診てもらおうか」

お鶴はそれはだめだと首を振る。薬礼（医者代）を惜しんでいるのだと、庄兵衛にはわかる。往診してもらえば診察の他に、薬料や駕籠代なども払わなければならない。

なかには親切な医者もいるだろうが、概して薬礼は高い。たいした診察もせず、さほど効きもしない薬を出して、一両なんていうのはざらである。

庄兵衛は唇を嚙んで、朝日を受けている腰高障子を見つめた。こんな苦労をすることになったのも……と、いまさらのように悔しさが込みあげてくる。

「とにかく体を休めろ」

庄兵衛はそういって、畳んだばかりの夜具を敷きなおして、お鶴を横にならせた。

「おせい、おっかさんの様子を見ていてくれ。おとっつぁんは出かけてくる」

「仕事に行くの？」

おせいが小首をかしげながら、黒い瞳を向けてくる。

「飯を炊いたら、いや粥を作れるな」

庄兵衛はおせいの問いには答えずにそういった。おせいは作れるとうなずく。

「とにかくおとっつぁんは出かけてくるから」

そのまま取るものも取りあえず長屋を出た。

歩きながらいまの貧乏暮らしを嘆いた。幸兵衛が裏切るようなことさえしなければと、いまさらながら恨み言が胸の奥で甦る。しかし、もうそのことをいくら悔やんでも、どうにもならないことはわかっている。

（お鶴のことを考えてやらなきゃ……）

庄兵衛はお鶴の容態を心配しながら、自分を雇っている車力屋に行くなり、主の新左衛門に、女房が倒れたので医者に診せたいのだが、持ち合わせがないので金を貸してくれないかと頼んだ。

しかし、新左衛門の答えは冷たかった。

「おまえさんはよくはたらいてくれるので助かっているが、持ち合わせがないというのはおかしいじゃないか。そりゃあおまえさんが借金を抱えているのは聞いているが、今日の持ちあわせもなくてどうやって暮らしを立てているんだ。そういう心構えじゃいつまでたっても貧乏から抜けだせないぜ」

「よくわかっております。しかし……」

「女房が倒れて心配するのはわかる。だけど、世間にゃ医者にかかりたくてもかかれない者がたくさんいるんだ」

新左衛門は遮っていった。

「それじゃ旦那は、医者にかからずに治せとおっしゃるんで……」

庄兵衛は顔にこそ出さなかったが、腹を立てていた。こんな冷たい車力屋だったのかと思いもした。

「女房はどこが悪いんだ？」

「疲れがたまっていて、それで倒れたのだろうといっています。食も細くなり、顔色もすぐれないので心配していたのですが、まさか倒れるとは思いもしないことでして……」

「だったらすぐに治るだろう。おまえさんの女房孝行はわかるが、様子を見たらどうだい。少し休んだら元気になるってことはよくある」

それ以上借金の申し入れはできそうになかった。それも前借りを再三しているせいだろうとあきらめることにした。

「旦那、それじゃ今日だけ休みをいただけませんか」

頭を下げて頼むと、新左衛門は少し考えて、しかたないねと、吸っていた煙管を灰吹きに打ちつけた。

車力屋を出た庄兵衛はその足で、お鶴が仲居仕事をしている米沢町の料理屋を訪ねた。店はまだ開店前だったが、戸は開いていた。三和土に入ると、帳場にいた男に声をかけて主か女将を呼んでくれと頼んだ。

「わたしはここで世話になっているお鶴の亭主なんですが、女房が具合悪くなりまして、それで断りを入れにまいったんです」

帳場にいた男は無愛想な顔で、ちょっと待っていろといって奥に消えた。代わりに四十過ぎの年増女が出てきた。何か食べていたらしく、くちゃくちゃと口のなかで動かしていた物を呑み込んで、

「お鶴さんの亭主だって」

と、いって上がり口に正座した。店の女将だった。

「へえ、いつもお世話になっております」

庄兵衛が頭を下げると、それで何の用だと女将が聞く。

「今朝といいますか、ついさっきのことなんですが、女房が倒れちまったんです。

疲れのせいでしょうから大したことはないと思うんですが、今日一日休みを取らせていただけませんか」

「倒れたって、そりゃ心配だわね。だけど、どうしたものかねェ」

女将は無表情に視線を彷徨(さまよ)わせてから、庄兵衛をまっすぐ見た。

「お鶴さんは立派なお店の女房だったらしいわね。すると、あんたがその店の主だったんだね」

どうやらお鶴はこの店でも、自分の店がどうしてつぶれたかを話しているようだ。

「立派かどうかわかりませんが、細々と煙草問屋を営んでいました」

「お鶴さんはよくはたらいてくれるよ。だけどね、粗相が多いんだよ」

「は……」

庄兵衛は目をまるくした。

「それに他の仲居から白い目で見られて、扱いづらいんだ。いっぱしの店の女房だったってことを、どこか鼻にかけているせいかもしれない。だからあんたら仲居とわたしはちがうんだというのが、身から出るらしいのよ」

「はあ、さようですか……」

「愛想もあまりよくないので、客もいい顔をしなくてね。そりゃあ、わたしは事情を聞いているから置いているけど、これがいい頃合いじゃないかね」

「と、おっしゃいますと……」

庄兵衛は目を大きくして女将を見た。

「休みは今日だけじゃなくていいってことですよ。給金は月晦日に取りに来るようにお鶴さんにいっといてくださいな」

「………」

庄兵衛は言葉をなくした。

「それじゃお大事にと、お鶴さんにお伝えくださいまし」

女将はそれで話は終わりだとばかりに腰をあげた。

庄兵衛は悄然（しょうぜん）と肩を落として通りを歩いた。出るのはため息ばかりである。世間の冷たさが身に沁みるとはこのことだと、思わずにはいられなかった。

見あげる秋の空は淋しく、心にぽっかり穴が開いたようにむなしさが募った。

「旦那さん……」

それは自宅長屋の入り口だった。

庄兵衛は声をかけてきた男を見て、ハッと目をみはった。

六

「吉兵衛(きちべえ)……」

相手は三国屋にいた手代だった。

「ご無沙汰をしております。旦那さんに会いたいと思っていたのですが、どこへ越されたのかわからなかったのです」

「よくここがわかったな」

「へえ、仕事が休みのときに、ほうぼうを訪ね歩きまして、やっと探しあてたんです。それよりおかみさん、大丈夫ですか？　なんでも具合が悪いのでと横になっておられましたが……」

吉兵衛は家のほうを訪ねてきたようだ。

「疲れがたまっているようだ。今日は様子を見ることにして、勤めている店に断りを入れてきたところだ」

店を馘（くび）になったとはいえなかった。

「料理屋で仕事をなさっていると、さっきお嬢さんに聞いたばかりです。それにしても苦労なさっていますね」

吉兵衛は憐憫（れんびん）を込めた目で眺めてきた。

「じつはどうしても旦那さんに話しておかなければならないことがあるんです」

吉兵衛はそういって一歩近づいてきた。

「なんだね？」

「番頭さんのことです」

庄兵衛は吉兵衛に会えたことを、少なからず嬉しく思い笑みを浮かべていたが、幸兵衛のことと聞いて顔をこわばらせた。

「幸兵衛がどうかしたか」

「ここでは何です。どこかその辺で話をします」

庄兵衛は、それなら家に、と口に出かけた言葉を喉元で呑み込んだ。お鶴は休んでいるだろうし、吉兵衛の顔色から他に漏らせない話のようだ。

ふたりは和国橋をわたってすぐの茶屋に入った。

「それで幸兵衛のことらしいが……」

店の女がふたり分の茶を置いて下がると、庄兵衛が先に口を開いた。

「もう三月はたつでしょうか、旦那さんは幸兵衛さんに会われましたね」

庄兵衛は認めるようにうなずいた。

「じつはそのあと、偶然というのでしょうか、わたしも番頭さんに会ったんでございます。それも旦那さんに会われたすぐあとのことでした」

吉兵衛はそう前置きをして、そのときのことを話した。


日本橋の白木屋を出てすぐのことだった。吉兵衛は前から歩いてくる幸兵衛に気づいた。だが、幸兵衛は肩を落とし心あらずの顔だった。

「番頭さん、番頭さん」

二度呼んだが、幸兵衛は気づかずに行き過ぎようとした。それで吉兵衛が肩をたたいて、もう一度声をかけると、幸兵衛は幽霊にでも出会ったような驚き顔をして立ち止まった。

吉兵衛は、幸兵衛が金を持ち逃げしたのを咎められると思ったのだろうと、勝手に推量した。

「こ、これは吉兵衛……」

「ご無沙汰をしております。でも、どうなさったんです。具合でも悪いんでしょうか？」

店をつぶした張本人だから敬語など使う必要はなかったが、どうしてもへりくだってしまう。だが、厳しい目をするのは忘れなかった。

「まさか、おまえさんにも会うとは……これも天罰だろうか……」

幸兵衛はわけのわからないことをいって、深いため息をつく。

「どうなさったんです？」

「じつはついさっき旦那さんに会ったんだ。それで、ひどいお叱りを受けてね。いや、もう隠し事はできない。おまえさんにも話しておこう」

周囲はすでに暗くなりかけていたが、幸兵衛は顔色が冴えないのがわかった。

「旦那さんに会われたのですか？　もしや、店の金を持ち逃げしたことを……」

「すまぬ。そのことについては申し開きもできない。ほとほと後悔しているのだが、我が身の愚かさを呪うしかない」

「番頭さん、こんなところで立ち話もなんです。どこかその辺で……」

通りにある商家は大戸を閉めにかかっていたが、人の往来はまだ多かった。吉兵衛は脇道を入った縄暖簾に入って、客間の隅で向かいあった。

「旦那さんはお怒りだったでしょう」

酒肴が届けられたあとで、吉兵衛が先に口を開いた。その間、幸兵衛はきちんと揃えた膝の上に両手を置き、うなだれていた。傍から見れば、吉兵衛が年上の男を叱っているように見えたかもしれない。

「何もかも話したよ。嘘偽りなく。身から出た錆といえばおしまいだし、魔が差したといってもそれはいいわけにもならない。わたしがどんなことをしてしまったか、それはよくわかっているつもりなんだ」

吉兵衛が黙っていると、幸兵衛は何も聞かれずとも、なぜ店の金を持ち逃げしたか、その経緯を話した。

倉橋秀之丞という旗本に、三国屋の地がどうしてもほしいので、力を貸してくれといわれたこと。うまくいったら店を持たせてやるといわれたこと。そして、迷った末に店の売り上げを持ち逃げしたということだった。

「悪いことだというのはわかっていた。だけど、わたしも商人となったからには、一旗揚げたいと思っていたのだ。それがわたしの夢だった。その夢を叶えないまま終わるのがいやだった。だから、ついあの殿様の口車に乗ってしまったんだ」

「身勝手なことを……」

もっといぎたなく罵ってやりたかったが、吉兵衛にはできなかった。短く吐き捨てるようにつぶやき、酒を飲んだ。その味もただ苦いだけだった。

「わかっている。まったくの身勝手だった」

「売り上げの金を持ち逃げすれば、いずれ捕まるということは考えなかったのですか？」

「考えた。だが、殿様はほとぼりが冷めるまで屋敷で匿うとおっしゃった。それで身の危険はないし、御番所に引っ張られることもないと……。わたしは怖かったけど、自分の欲に負けて殿様のおっしゃることに従ったのだ。だけれど、あとで旦那さんが御番所に訴えを出されていないというのを知った」

「訴えを出せば、店の信用をなくすからだったのです。左前だった店を立てなおすまでは、黙っていようということだったのです。けれど、売り掛けの集金が間に合わず、仕入れ先への返済期日も遅れました。そのお陰で店を手放すことになったのです」

すまない、すまないと幸兵衛は頭を下げる。

「それで店を持ったんですか？」

吉兵衛は詰問口調で訊ねた。

「それがあれこれいいわけを聞かされるだけで、いっこうに持たせてもらえないのだ。すっかり騙されてしまったんだよ。これから殿様に一言文句をいいに行って、わたしは死のうと思っている。死んで許してもらおうと思っているわけではない。もう、生きているのがほとほといやになったんだよ。愚かな人生だった」

幸兵衛は涙をこぼした。膝に置いた手に、その涙が音を立てて落ちた。

「死ぬのは勝手でしょうが、生きながら償うこともできるのではありませんか」

「わたしはもう年だ。そんな元気はない。ほんとうに申しわけないことをしてしまった」

幸兵衛は膝をすって下がると、深々と頭を下げ、畳に額をつけた。

「わたしは店を出て行く番頭さんを見送りもせず、その場で酒を飲んでいました」

吉兵衛は話をひと区切りさせて、茶に口をつけた。

「そうか、そんなことがねえ。じつはわたしも同じような話を聞かされたのだよ」

「さようでしたか」

「だけど、その翌る日に幸兵衛の死体が京橋川で上がったと知ったときは、驚きもし、心の片隅で、わたしが責めすぎたのではないだろうかと思いもした」

「旦那さんのせいではありませんよ。幸兵衛さんは自分で命を絶ったのです。町方の調べでも、身投げだということでしたから」

「そんなことをなぜ知っている？」

「うちの店に出入りする町方の旦那がいらっしゃるんです。その方から聞いたので、たしかなことです」

庄兵衛はあらためて吉兵衛を眺めた。

自分の店で手代仕事をしていたときより、よい身なりをしている。着物には折り目がついていて、髷もきれいに結い上げている。血色もよく、少し太ったようである。まだ二十七歳だが、貫禄さえ出てきたように見えた。

そう思う自分は無精髭を伸ばし、月代（さかやき）もしばらく剃っていない職人のなりだ。

「それで、おまえさんはいまどこの店にいるんだい」

「成田屋という浅草にあります小間物屋です。旦那さんの店を出たあとで、紹介もなしに飛び込んだのですが、運よく拾っていただき、手代仕事をやらせてもらっています」

かたかった吉兵衛の顔に、小さな笑みが浮かんだ。

「そうか、それはよかった」

言葉どおり嬉しいことだったが、庄兵衛は心の片隅で、金を貸してもらおうかとちらりと考えた。しかし、その話はついにいい出すことができなかった。

七

その朝、市郎太は番頭の惣兵衛から一軒の掛け取りを頼まれた。惣兵衛は丁寧な文字で書いた書付を市郎太にわたすと、

「もう二月も待っています。今日が無理なら、今月晦日にはきちんと払ってもらわ

ないと困りますので、その旨しっかり伝えていただけますか」

　と、至極真面目顔でいう。

「はいはい、ちゃんと伝えますよ。その前にきっちりもらってくりゃいいわけだろう」

「あの……」

　惣兵衛はにこりともせずに口籠もった。市郎太がなんだと問うと、惣兵衛はひとつ空咳をして、まっすぐ見てくる。

「百さんの掛け取りには助かっていますが、相手は大事なお客様に変わりはありません。粗相のないようにお願いします。それから乱暴なことは、くれぐれも慎んでいただけますか」

「わかってるよ。乱暴なんかするわけねえだろう。穏やかにやさしく丁寧にだろ。そしてしっかりと返済をお願いする。心配無用だ」

　市郎太はそういってニカッと笑ってみせるが、惣兵衛は能面顔だった。だからいってやった。

「惣兵衛よ。少しは愛想よく笑ってみたらどうだ。客商売やってんだからよ。ほら、笑ってみな。にっこりとよ」

惣兵衛は戸惑い顔をしながらも、頬をゆるめた。

「こうでしょうか」

「口をひん曲げただけじゃねえか。心の底からにっこり、ほっこりだよ。なにも大袈裟に笑うことはねえんだ。やわらかーく微笑むんだ。やってみな」

「こ、こうでしょうか……」

惣兵衛は小さな笑みを浮かべたが、片頬が引き攣り気味になった。

「わかった無理することはねえ。無理に笑うと余計に気色悪いや。それじゃ行ってくらァ」

市郎太は半ばあきれ顔をして店を出た。空をあおいで大きく伸びをすると、掛け取り仕事に向かった。

行き先は堀留町二丁目にある奈良屋という店だった。釘鉄銅物・打物問屋で、四人の奉公人を使っていた。大きな問屋ではない、江戸のどこにでもあるような店だ。

熊野屋からさほどの距離ではないのですぐだ。終わったらお藤に会わなければならない。そんなこんなを考えているうちに奈良屋に着いた。

「熊野屋の使いだが、これをお願いできないか」

　店に入ると、主の仁兵衛が帳場にいたので、すぐに書付をわたした。

「これはわざわざ相すみません」

　仁兵衛はそういいながら書付を食い入るように眺める。市郎太は店のなかをぐるっと見まわす。打ち鍛えられた鉄物が、箱に入れられ小分けにしてある。腹掛け半纏というなりの奉公人が、その箱を積んだり、表に運んだりしている。

「うちは力仕事が多いせいか、みんなよく食べるんですよ。それにしてもうっかりでした。こんなに溜め込んでいるとは思いもいたしませんで……」

　仁兵衛が書付から顔をあげていった。

「それじゃ払ってくれるかい。払うもん払ってもらわなきゃ、うちの店も仕入れに困るんだ。どこも台所が苦しいのはわかるが、そこは長い付き合いだ。借金は溜め込んじまうと、ますます払いにくくなる。こっちだって無理な催促はしたくないからな」

「よくわかっております。しかし、ものは相談です。ひと月分を今日払いますので、残りは来月にまわしていただけませんか。そうしていただけると助かるんですが、いかがでしょうか」

仁兵衛は下手に出て、市郎太の顔色を窺うように見る。

「まあ、おれが勝手に決めるわけにゃいかねえが、来月晦日にはきっちり払うって約束してくれりゃ、それでいいだろう。だがひと月分はもらっていくぜ。そうしなきゃ、おれもいいわけが立たないからな。なに番頭にはうまく話しておく。ひと月分だけもらって帰ろう。とりあえずそれで手を打とう」

「百地さんは話がわかる方で助かります。それじゃひと月分を……」

仁兵衛はすんなり、ひと月分を払ってくれた。六両と二分三朱。

市郎太は集金した金を懐に入れて、そのまま熊野屋に引き返そうと思ったが、ふと庄兵衛の娘・おせいのことが気になった。

（また物乞いをやってやしねえだろうな）

気になると、どんどん気になるから、おせいの長屋に足を向けた。途中、道端に座っている女を見たが、物乞いもおせいらしい娘の姿もなかった。

おせいの長屋に入りかけたとき、父親の庄兵衛が路地から出てきた。

「おや、これは庄兵衛ではないか」

声をかけると、庄兵衛がうつむき加減の顔をあげた。

「は、百地さん」

「どうした、元気のねえ顔して、何か悪いもんでも食ったか」

市郎太が冗談まじりにいうと、庄兵衛は顔を曇らせたまま、女房が倒れたといった。

「なに、倒れた。どういうことだ？」

「おそらく無理をして仕事をしたせいで、疲れがいちどきにやってきたんだと思うんです。昨日の朝からおかしくなりましてね」

「それで、いまはどうなんだ？」

「昨日よりはましになった気がしますが、起きるのが億劫だといって飯もあまり食べませんで……」

「そりゃあ心配だな」

「今日一日様子を見ようと思います。どうにもならないようなら医者に診てもらうしかありません」

「そうか。それでおせいが看病しているのか」

「へえ、昨日からつきっきりです。あの娘がいるから助かっています。あ、それで……」

庄兵衛は急に思いだしたような顔を市郎太に向けた。

「百地さんは倉橋の殿様と掛け合ってくださるとおっしゃいましたが、難しいようです」

「どうして難しい……」

市郎太は眉宇をひそめて庄兵衛を見る。

「昨日、わたしの店ではたらいていた手代に会ったんでございます。それで幸兵衛のことをあれこれ聞かされたのですが、やはり幸兵衛は身投げをしたようなんです。その前に倉橋の殿様に、騙されたことについて文句のひとつもいったのでしょうが、町方の調べでも幸兵衛は身投げだったらしいのです」

「そりゃあほんとうか……」

市郎太は目をしばたたいた。

「そうらしいです。ですから、掛け合うのは難しいと考えたのです。幸兵衛が倉橋の殿様に誑かされたとしても、その証拠がありません。わたしの店の金を持ち逃げしたということも同じです。生きていれば、幸兵衛の口からいってもらうこともできたのですが……」

　庄兵衛は深いため息をついて唇を噛んだ。

「ふむ、そういうことか。だが、倉橋秀之丞が幸兵衛を騙し、そしておまえの店をつぶしたのはたしかなことだ。縮めていえばそうなる」

「………」

「番頭の幸兵衛が店の金を持ち逃げしたのも、倉橋秀之丞が裏から手引きしたからだ。そうだな」

「そうでしょうが、その証拠がなければ、何もできないのではありませんか」

　庄兵衛は情けなさそうな気弱な目を、市郎太に向けた。

「証拠なんていらねえさ」

「へッ……」

「おれはいったはずだ。持ち逃げされた金を取り返すと。それは幸兵衛がやったことだが、裏に倉橋がいたのはたしかなのだ」

「昨日会った手代も、そのようなことを幸兵衛から聞いたといっておりました」

「倉橋は悪党だ。その悪党をのさばらせておくのは、おれの心が許せねえ」

「まさか……」

庄兵衛は驚いたように目をみはった。

「勘違いするな。なにも息の根を止めようといってるんじゃねえ。思い知らせてやるだけだ。それより、仕事はどうしたんだ。もう日は高くなってるんだぜ」

「これから行くところです」

「女房も元気になったら、また仲居仕事か。大変だろうがここは辛抱だな」

市郎太がそういうと、庄兵衛はまた顔を曇らせて下を向いた。悔しそうに唇を嚙みもする。

「どうした？」

「へえ、女房は店を馘になりまして……」

庄兵衛は昨日あったことをかいつまんで話した。

「そんなことが……」

市郎太はあらためて必ずや庄兵衛一家を助けると決めた。

八

市郎太がお藤を訪ねたのは昼前だった。店の戸は閉まっていたが、お藤は感心にも客間の掃除をしているところだった。

「前置きは抜きだ。倉橋の屋敷に入るぜ」

そういってから、今朝庄兵衛に会って、どんなやり取りをしたかを話した。

「幸兵衛のことだけど、わたしも気になっていたから手をまわして調べたわ。ひょっとすると倉橋に口を封じられたのではないかと思っていたけど、幸兵衛は身投げだったとはっきりしたわ」

「どうやってわかった？」

「いったでしょう。わたしには下っ引きの知りあいがいるって。町方の調べで身投げだとはっきりしたらしいのよ。だけど、幸兵衛が倉橋とつながっていたことに、町方は気づいていないわ。気づいていたなら、倉橋にも聞き調べぐらいあってもよかったけど、それもなかった。つまり、幸兵衛が死んだことで、倉橋はますます都合がよくなったというわけよ」

「それで倉橋の屋敷に詰めている者のことはわかったのか？」

「女中が三人。そのうち住み込みはふたり。雇いの侍が五人いるけど、みんな住み込みよ。あとは小者と中間が四人。この四人は近所からの通いよ。他に倉橋の妻と子供はふたり。倉橋を入れて十六人。夜は通いの者が帰るから十一人。だけど、倉橋は二日に一度は〝小紫〟に通い、泊まっているらしいわ」

「今夜はどうだ？」

「今夜は屋敷にいるはずよ」

市郎太は壁の一点を凝視した。

「今夜やるの？」

市郎太はお藤に視線を戻した。

「先延ばしにするつもりはない」

「屋敷にはいくらあるかしら？」

「そりゃあ行ってみなきゃわからないことだ」

「もし、千両箱があったら、そっくりいただくの？」

市郎太は首を横に振った。

「金箱は重いし、千両は結構な重さだ。おそらく四貫ほどあるだろう。金だけ抜き取ったとしても、それを抱えて逃げるには無理がある。次郎吉もそのことがわかっていたから、いざとなったとき身動きの取れる金しか盗んでいなかった。おれもそれは正しいと思う」

「いわれてみればそうね。だけど、気をつけてよ。倉橋は剣術好きで、屋敷住まいの侍はみな相当な腕らしいから」

「斬りあうつもりはないさ」

「あんたがそうでも、もし見つかったら相手はおとなしくはしていないわ」

「斬りあったとしても殺す相手ではない」

「倉橋は……」

「殺すつもりはない」

「生かしておいて金の苦しみをたっぷり思い知らせるってことね」

「そういうことだ。店を閉めるころ、また来る」

お藤がまばたきもせずにうなずくと、

「これから倉橋の屋敷近くに空き家を見つけに行く」

　市郎太はそういって「おかめ」を出た。


　大谷木七兵衛は新両替町の自身番前に置かれた床几に座り、煙管をくゆらせながら、目の前を行き交う人々に目を光らせていた。その通りは日本橋からつづく通町筋（東海道）だから、往来が激しかった。

　煙管を床几の角に打ちつけ、灰を落とすと、腕組みをして細い目を空に向けた。鉄五郎がやってきたのはそのときだった。

「旦那、わかりやした」

　駆け寄ってきた鉄五郎は息を切らしていた。

「どいつだ？」

「へえ、この界隈で種（情報）を拾っている文次郎という男でした。じき、ここにやって来るはずです」

「それで包み紙は見つかったか？」

「それがみんな捨てたといいやがるんです。ただ、包み紙には〝鼠〟と書かれていたとみんな口を揃えます」

「ふん」

大谷木は鼻を鳴らして、組んでいた腕をほどいた。

これまで偽鼠小僧が金をばらまいた長屋が三軒ほどわかっていた。その長屋への聞き込みで、鼠小僧を見た者は誰ひとりいなかった。そして、金を包んでいた紙も捨てていた。

そこで、大谷木は瓦版屋がどこで種を拾ったかを調べているのだった。

「いってえ、鼠の正体は誰なんでしょうね」

鉄五郎が隣に腰かけて、頓馬なことを口にする。

「やい、それを調べているんだ。わかってりゃ苦労はしねえさ」

「ごもっともで。あ、来やした。あいつです。おい、ここだ」

鉄五郎が一方を見て手をあげると、股引に半纏、手ぬぐいを喧嘩被りにした男がやってきた。

「お待たせいたしやした」

男はちょこんと頭を下げた。

「こいつが文次郎です。こちらが大谷木七兵衛の旦那だ」

「おまえが鼠が出たという瓦版を作ったんだな」

大谷木は文次郎を凝視して聞く。

「さようです」

「どこでその種を拾った?」

「最初は畳町の裏店でした。まさかと思ったんですが、話を聞くとどうもそうらしいんで、その長屋の界隈で種集めをしていますと、尾張町や芝口のほうの長屋にも同じことがあったのがわかったんです。二日前には深川の長屋に配られていたって話を聞きました。こりゃ先日とはちがう鼠の仕業かと思ったんですが、あれこれ聞いてみると、日をまたいでいるだけだったんで、同じ鼠の仕業だと見当をつけたところです」

「深川のなんという長屋だ?」

「海辺大工町代地にある源次郎店です。深川で他にもあるかもしれねえと思ったんで、ちぃと聞き込んでみたんですが、深川はそこだけでした」

「鉄五郎、あとで深川に行く」

「へい」

「おまえが種を集めた長屋は覚えているな。片端から教えてくれ」

文次郎はお安い御用でと、軽口をたたいて、八軒の長屋とその長屋がどの町にあるかを話した。大谷木はそのほとんどをあたっていたが、木挽町七丁目の勘助店には足を運んでいなかった。

「鉄五郎、勘助店で聞き込みをする。誰か包み紙を持ってりゃいいんだがな。それから文次郎、おまえは鼠が投げ入れたという金を包んだ紙を持っていないか？　鼠と書かれた紙だ」

「あっしは持っていません」

「じゃあその包み紙は見ているんだな？」

「いえ、それは見ちゃいません。金を配られたという者から聞いたんです」

大谷木はチッと舌打ちをした。

「その包み紙がどうかしたんですか？」

「書かれた字がわかりゃ、それが鼠を見つける取っかかりになるかもしれねえからだ」

答えたのは鉄五郎だった。

「なるほど。さすが町方の旦那は、目の付け所がちがいますね」

文次郎は感心顔をする。

「鼠のことで何かわかったら、おれに知らせてくれるか」

大谷木はすっくと立ちあがると、懐に手を入れて、文次郎に酒手だといって小粒（一分）をわたした。

「鉄五郎、聞き込みだ」

大谷木は頭を下げて礼をいう文次郎を無視して歩きだした。

九

夜九つ（午前零時）の鐘が、星の散る夜空に広がっていった。

愛宕下の倉橋秀之丞の屋敷も、そして近隣の屋敷も静まりかえっている。風が梢の葉をふるわせているぐらいだ。

市太郎は昼間見つけておいた空き店で着替えをすると、お藤といっしょに倉橋の屋敷前で目を見交わした。

「では、やるぞ」

市太郎はお藤がうなずくのを見て、鉤縄を塀越しに投げ入れた。ガチッと鉤の引っかかる音がすると、一度縄を引いて、それを頼りにするするっと塀の上にあがった。

屋敷はほぼ千坪だ。庭にある灯籠のあかりも消え、母屋から漏れるあかりもない。見張りの人影がないか、闇に目を凝らした市郎太は、音も立てずに塀の上から地面に下りた。そのまま、柳の枝がたわみ、音も立てずに元に戻るように、足先を抜くようにして忍び歩きをする。

今夜はお藤の忠告があったので、刀を背負い、脚絆に草鞋、黒の胴衣の下に鎖帷子(くさりかたびら)を着込んでいた。さらに帯には棒手裏剣を差していた。もちろん顔を隠す頭巾はしっかりしている。

すでに屋敷の造りはわかっているので、ひたすら主の寝間に入るだけだ。その部屋に金の隠し所がないとわかれば、主の倉橋秀之丞が使っている書院をあらためる。そこにもなければ、仏間に行って物色する。

やることは決まっている。市郎太に迷いは一切なかった。

床下にもぐり込むと、そのまま突き進んだ。もちろん、こそとも音を立てずに、まさに鼠のごとしである。

しかし、注意が必要だった。泥棒除けの紐が床下に張られていたのだ。うっかり触れれば、音が出る仕組みになっている。市郎太はその紐をうまく避けて這い進んだ。

しばらく行くと中庭に出た。中庭は周り廊下で囲まれた造りだ。

表の雨戸は厳重に閉め切られているが、中庭に面した雨戸はそうではないというのが相場だ。

案の定、北側の雨戸に手をかけると、わずかに動いた。音を立てないように、敷居の溝に油を垂らし、染みこむまで二十数えて、用心深く横に引き開け、廊下に這うようにうつ伏せて耳をすました。

人の声も気配もない。そっと身を起こして、廊下を進む。極力音を立てないように壁際を歩くのがコツだ。目当ての座敷前に来た。倉橋秀之丞の寝間である。

市郎太は刀を抜き、柄頭を使って障子に探りを入れる。半寸、開け、また半寸。異変がないので、そのまま体を挟み入れられるまで開けて、寝間に入った。

人のぬくもりと、寝息が聞こえる。目が闇に慣れると、枕許に近づき倉橋秀之丞をまじまじと眺めた。気持ちよさそうに寝ている。夢でも見ているのか、嬉しそうな顔で口許をうすくゆるめていた。

その口に媚薬を湿らせた布をあてがった。これは強力な忍びの眠り薬だ。ほどなくして倉橋の眠りが深くなるのがわかった。

市郎太は小さな手持ち龕灯（がんどう）に火を入れ、部屋のなかをあさった。金はなかった。少し落胆したが、すぐに気を取りなおした。

倉橋秀之丞の寝顔を見る。細面で色白のやさ男だ。目覚める様子はない。

市郎太は書院に移った。そこには文机と脇息、そして床の間に数冊の書物が積んであるだけだった。壁際を歩きながら、隠し扉がないかあらためたが見つからない。

（ここではないか……）

書院を出ると、仏間に行った。部屋の真ん中に火の入っていない長火鉢があり、一方の壁に立派な仏壇があった。その横に掛け軸をかけた床の間。

市郎太は掛け軸に目を光らせた。めくると、隠し扉があった。小柄を使って扉を開けると、金箱が置かれていた。

市郎太は急いだ。音を立てないように、金をつかみ取ると、腰につけている忍び袋に入れていった。だんだん重くなる。

ここで欲を出せば、いざというとき体の動きが鈍くなる。市郎太は三貫を超えない重さでやめにした。これは鼠小僧次郎吉と行動を共にしたときの経験則だった。

あとは逃げるだけだ。中庭に戻り、よく手入れされた庭のある表に這い進んだ。もうすぐで庭に出るというときだった。

なにかが頭に触れたと思ったら、カランカランという乾いた音が屋敷中にこだました。

(しまった)

あれほど用心していたのに、うっかりだった。泥棒除けの紐に触れたのだ。カランカランという異常を知らせる音が、市郎太にはとてつもなく大きく聞こえ、心の臓が縮むほどだった。

屋内から「曲者だ、出あえ!」という声が轟き、一枚の雨戸が開くと、刀を手にした家中の侍が裸足で躍り出てきた。

縁の下にいればすぐに見つけられるし、逃げ場がない。市郎太は急いで這い出ると、松や楓などを植えてある庭に逃げた。

「いたぞ！　そこだ！」

見つかってしまった。

市郎太は壁沿いに逃げる。塀を超えるのはわけないが、助走をつけなければならない。それができない。

焦っているうちに、目の前に刀を手にした侍が立ち塞がった。市郎太は背後を見た。そこにもひとりの侍がいた。こっちは槍を持っている。

市郎太はとっさに横に逃げた。するとまた前方にひとりの男があらわれた。市郎太は駆けながら棒手裏剣を抜くなり、目の前の男に投げた。

「うっ……」

相手は片腕を押さえてうずくまった。

市郎太は自分が侵入した塀のほうに走った。

するとそこに新たな男が立ち塞がるやいなや、

「曲者ッ！」

と、声をかけるなり袈裟懸けに斬り込んできた。

市郎太は抜き様の一刀で、相手の斬撃を受けると、体をひねって相手の背後にまわり込み、後ろ肩口に棟打ちを食らわせた。

そのまま逃げようとしたが、槍を持った男が突きを送り込んできた。市郎太は大きく離れると、反対に走った。

(屋根だ)

走りながら屋根を見た。そして、鉤縄を腰から抜いて一本の楠の枝にからめると、地を蹴ってふわりと枝に飛び移った。

「あそこだ。逃がすな」

庭にいる男たちが騒ぎ立てる。市郎太はそっちは見もせずに、屋根の上に飛び移った。腕の立つ侍でも、もはやここまでは追ってこれない。

市郎太は屋根の上を走った。雲に隠れていた月があらわれ、黒い甍が照り返った。

市郎太は猿のように、ひたすら屋根の上を走る。

(闇夜を疾る鼠一匹　浮き世を儚む人を救う)

我知らず胸のうちでそんなことをつぶやいていた。

屋根が切れた。市郎太は迷うことなく宙に躍り、そして屋敷塀にトンと足をつくと、そのまま表道に飛び下りた。

「こっちよ」

お藤がどこからともなくあらわれて、先を急がせた。

十

二日後の朝、市郎太は朝餉も食べずに熊野屋を出た。

表は薄曇りの天気で、はっきりしない空が広がっていた。それでも早出の職人たちの姿が通りにあり、商家も店を開けはじめていた。

中之橋をわたり、堀江一丁目に入ると、庄兵衛の長屋のそばで立ち止まった。そのまま河岸場に置いてある縁台に腰をおろし、庄兵衛を待った。

小半刻もせず、車力屋のなりをした庄兵衛が長屋の路地からあらわれた。先日と同じように冴えない顔つきで、元気が感じられない。

「よお」

市郎太は床几から立ちあがって声をかけた。

「百地さん……」

「ついて来な、話があるんだ」

市郎太は顎をしゃくって早朝からやっている一膳飯屋に入った。数人の客がいるだけで、店はがらんとしていた。

市郎太は土間の片隅にある幅広縁台に座ると、庄兵衛を隣にうながした。店の者が注文を取りに来たので、

「とりあえず茶をくれ。食い物はあとで頼む」

そういってから、話はついたと口にした。

「どういうことでしょう?」

庄兵衛は目をぱちくりさせる。

市郎太は店の女が茶を運んできたので、去るまで待った。その間、庄兵衛は気が気でない顔をしていた。

「おまえは死んだ親を見習い、裸一貫から店を立ち上げようと思っているといったな」

「へえ」

「いまもその気持ちに変わりはねえか」

庄兵衛は市郎太の真意を測りかねるような顔を向けてきた。

「もちろん変わりはありません」

「だったら店を立ち上げるんだ。持ち逃げされた金は取り返してきた」

「ヘッ……」

市郎太は驚く庄兵衛にはかまわず、懐からずっしりと重たい金袋を取り出した。

「これに二百五十両入っている。もともとはおまえの金だったんだ。遠慮することはない」

市郎太はそのまま庄兵衛に金袋をわたした。

庄兵衛の驚いた目が、金袋と市郎太を行き来した。

「で、でも、どうやってこれを……」

「それは聞かねえほうがいい」

「は、はい。でも……」

「おいおい、なにを遠慮してやがる。早くしまっちまいな」

「しかし、女房に何といったらよいか……」

「名は明かせないが、ある人に話をつけてもらったとでもいっておけ。それからこのことは、かまえて他言無用だと口止めしておけ」

「わかりました。でも、ほんとうによいので……」

「遠慮深いやつだな。おれは約束するといっただろう」

そういって微笑んでやると、庄兵衛の顔がみるみる崩れ、両目から涙をあふれさせた。

「百地さん、いえ百地様ありがとう存じます。ほんとうにありがとう存じます。じつはこの先、生きていくことに不安があったんです。女房は寝込んでしまい、店をやめさせられもしました。わたしも車力屋をやめさせられそうになっているんです。だけど、これで立ちなおることができます。いえ、きっと立ちなおってみせます」

「そうしてもらわなきゃおれだって困る」

「ほんとうに助かりました。ありがとうございます」

深々と頭を下げる庄兵衛の目から落ちる涙が、ぽとぽとと音を立てて足許に落ちた。

「それじゃ、そういうことだ。しっかりやんな」

市郎太が先に立ちあがると、庄兵衛はさっと泣き濡れた顔をあげて、

「百地様のご恩は決して忘れません。ありがとうございます」

もう一度礼をいった。

市郎太が照れ隠しの笑みを浮かべて戸口に向かうと、店の女が注文はしないんですかと声をかけてくる。

「これで食ったことにしておいてくれ」

市郎太は女に心付けをわたして、そのまま表に出た。

中之橋をわたり河岸道に出たところで、前から走ってくるふたりの子供がいた。新助と定吉だった。

「おい、洟垂(はなた)れ小僧。どこへ行く」

声をかけると新助と定吉は同時に立ち止まった。

「洟垂れは余計だ」

新助が憎まれ口をたたけば、

「どこへ行こうがおいらたちの勝手さ」

と、定吉も言葉を返してくる。

「口の悪いガキどもだ。お仕置きしてくれるぞ」

はあっと拳骨に息を吹きかけると、ふたりは悲鳴をあげて逃げていった。だがすぐに立ち止まって振り返り、市郎太に向かって、あかんべえをした。

市郎太も負けずに、あかんべえを返してやった。だが、新助と定吉はそれを無視して走り去った。

見送った市郎太が空を見ると、雲間から一条の光がさっと地上に射した。


その日の夕暮れだった。

両国広小路で瓦版屋が、盛んに声をあげていた。

「鼠が出たぞ！　鼠小僧が生き返ったぞ！」

その売り声で、人が集まってきて我も我もと、瓦版を買っていった。

瓦版を買った者はその場で目をとおして、ため息をついた。

「おれの長屋にも来てくれねえかな」

「おい、おれにも見せてくれ」

横からのぞき見する者が、瓦版に目を落とす。

瓦版を元に鼠が出たという噂は、翌る日には江戸中に広まっていた。

この度、市郎太が盗んだ金は三百二十余両だった。庄兵衛にわたした金以外を、市郎太はお藤と手分けをして配り歩いていた。

金は礼によって紙に包んでいたが、その包み紙には「鼠」と書かず、「子」と書いていた。それは筆跡からアシがつかないように左手で書いたものだった。


「旦那」

鉄五郎は瓦版を食い入るように読んでいる大谷木に声をかけた。

「くそ。やっぱり出やがったか……」

瓦版から顔をあげた大谷木は、遠くをにらむように見た。

「どうしやす?」

「聞き込みだ。行くぜ」

大谷木は瓦版をくしゃくしゃにまるめて捨てると、足早に日本橋をわたった。

北紺屋町にある料理屋「小紫」が店を閉めたのは、それから半月後のことだった。

泥棒に入られ、金に窮した倉橋秀之丞が手放したのだ。しかしその秀之丞も、長年の不摂生が祟ったらしく、二度と起き上がれない体になっていた。

そして、身請けをされた元花魁の小紫ことおひさは、江戸に見切りをつけて郷里の房州に帰ったということだった。

この作品は書き下ろしです。

怪盗鼠推参　一

稲葉稔

平成30年5月10日　初版発行

発行人――石原正康
編集人――袖山満一子
発行所――株式会社幻冬舎
〒151-0051東京都渋谷区千駄ヶ谷4-9-7
電話　03(5411)6222(営業)
　　　03(5411)6211(編集)
振替00120-8-767643

印刷・製本―図書印刷株式会社
装丁者――高橋雅之

幻冬舎時代小説文庫

ISBN978-4-344-42720-4　C0193　い-34-12

幻冬舎ホームページアドレス　http://www.gentosha.co.jp/
この本に関するご意見・ご感想をメールでお寄せいただく場合は、
comment@gentosha.co.jpまで。